余斌 著

去今未远

提前怀旧三编

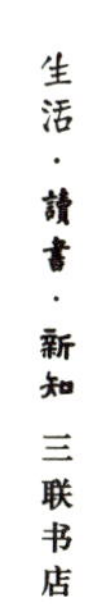

生活·讀書·新知 三联书店

图书在版编目（CIP）数据

去今未远 / 余斌著 . -- 北京 : 生活 · 读书 · 新知三联书店 , 2019.8
（闲趣坊）
ISBN 978-7-108-06049-5

Ⅰ . ①去… Ⅱ . ①余… Ⅲ . ①杂文集 – 中国 – 当代
Ⅳ . ① I267.1

中国版本图书馆 CIP 数据核字（2017）第 154708 号

选题策划　知行文化
责任编辑　朱利国　马　翀
责任印制　卢　岳
出版发行　生活 · 讀書 · 新知 三联书店
（北京市东城区美术馆东街22号）
网　　址　www.sdxjpc.com
邮　　编　100010
经　　销　新华书店
印　　刷　北京隆昌伟业印刷有限公司
版　　次　2019年8月北京第1版
2019年8月北京第1次印刷
开　　本　850毫米 × 1168毫米　1/32　印张 9.125
字　　数　167千字
印　　数　0,001–6,000册
定　　价　35.00元
（印装查询：010–64002715；邮购查询：010–84010542）

题　记

三联的广告语，曾将拙著《提前怀旧》《南京味道》《旧时勾当》合称为“怀旧三部曲”，我看了冒冷汗，有自吹自擂的慌恐。在我想来，不拘“三部曲”、几部曲，也不管是虚构、非虚构，皆应指有计划的写作，先有整体的构思，且得是精心撰结之作，我所写都是残丛小语式，想起什么就写什么，写到哪里就算哪里，到有了一定的字数，就结为一集，实在没什么野心。

但后来也没去拨乱反正。因为想到，现在任是什么都在缩水贬值，包括词语、概念，你若顶真，没准儿倒是你想多了。比如“美女”，不论妍媸，只要是女的，便都只管这么称呼，你若照字面璧还，辩称我不是美女啊，倒显得你把自个儿太当回事，有自作多情之嫌。

倘不避“三部曲”的说法，我则宁愿把位置空出来，剔除《南京味道》，——这书里虽说与记忆相关的内容不少，却太“专题”，有点跑偏。空出的位置，想的便是留给眼下的这本，虽然还有许多题目可写，日后没准儿还会接着往下写，“三部曲”是打不住的。

所谓接着是说写作行为，并非书中内容时间上的先后顺序。我也并未按照时间来排列，《提前怀旧》所写年月并非在《旧时勾当》之前，书名互换也无妨。眼前这一本是一样的，题作“去今未远”，不是写到的情形离现在更近，虽然以末篇而论，“怀旧”的时间下限，已到了二十一世纪。——于此不免要感慨时间流逝之速，倏忽之间，当年瞻望的新世纪，居然就过去了将近五分之一，仿佛刚刚过去的事，就可以是“雨过河源隔座看”的心境了。

是本书，就要有个书名，不免就要“巧立名目”。三联的“闲趣坊”系列，要求书名必须是四个字，不“巧”也不行。虽然如此，定下书名时，倒也不是全然无感。

这个集子里写到上世纪八十年代的情形多了些，也就多想到那个时代。前些时候，我的大学同窗在谋划入校四十年全班大聚会，初闻此议，竟有些难以置信：从上大学至今，当真四十年过去了？四十年是什么概念？参照我们常用以度量时间的历史事件，等于五个“八年抗战”打下来，四个“十年浩劫”过去……八十年代恍如昨日，一不小心，却已是遥不可及。

当然，是因为时过境迁。这个“境”，从物质层面说，全然改观，看看周围的城市景观，与八十年代相比，直如置身另一个世界。另一方面，我的怔忡之感，也因为那时候特有的氛围，一种解放的感觉，于今已是荡然无存。上大学时我在班上是小字辈，未经磨难，许多同学的觉悟以及“把失去的时间夺回来”的急迫感，我是没有的，也没有臻于弄潮之境，不免还是懵懂，然身在那样一种氛围中，依然濡染到发奋有为的气息。后来有不少对于八十年代的追忆，称之为

“黄金时代”，描述得无般不好，我想其中不乏一厢情愿的成分，然而千真万确的是，那时我们是走在“解放”的路上，禁锢在不断地去除，禁忌在不断地打破，相伴随的是身心的舒张，对国家与个人前途满满的信心。

那样一种乐观，空气里都能嗅得到。其时有一首名为《在希望的田野上》的歌，传遍大街小巷，随时听得到，轻快的调子裹挟着每个人，仿佛“希望”就在身边缭绕。若是今天再听到，旋律、歌词一如彼时人们对未来的期许，没准儿都会觉得空洞缥缈了，用以对应当年的氛围，却相当之真实。

“去今未远”，有记忆犹新之意。当然是以“今”为原点，对过去的回溯。不管上世纪六七十年代还是八十年代，距今都不算远，说起来八十年代还更近。但人对过去的感知并非以时间为序，消逝了的年代在我们的感知中，有似远实近者，也有似近实远者，端看我们的当下感受。

以上所写，话题大了，书中所记，比如骑车旅行、跳交谊舞、穿牛仔裤之类，事至微末，原是不相干的。因是此时此刻的一点感想，也便写下来，且不管跑题不跑题，拿来充作题记。

余斌

二〇一八年十月于南京黄瓜园

目录

千里走单骑

天下大势与一念之动

我不能说在中国“旅游”一说是到上世纪八十年代才有的，但我那辈人小时的确不知旅游为何物，我们大都只有“出远门”的概念。从南京回老家苏北，或是去上海，就已经属于“出远门”的范畴。“出远门”十有八九，是为探亲访友，决非冲着山水名胜而去，成年人则多半是出差，游山逛水属附加性质，虽然醉翁之意不在酒的大约不在少数。就是说，“出远门”怎么着也不是打的旅游的旗号。

“文革”结束之后高考恢复，许多年轻人跨州越府异地读书。这与旅游之风的渐起也许并无必然联系，但我相信大学生一定是那时旅游的主力。别的人群也许并不缺少旅游的兴致，但却缺少一些重要条件。第一是时间，大多数人除了国庆、春节，只有每周的星期天，即使动用国庆、春节各三天的假期，以当时的交通状况（想想看乘火车从南京到上海就要六个小时），也跑不了多远，学生有寒暑假，出远门可以有恃无恐。

其二，得经得起折腾。彼时根本没有旅行社一说，食宿行三项都得自己去忙乎，吃还好说，住宿、乘车，其难无比，尤其是行，以今天的标准，慨叹那时行路难，难于上青天，一点儿不算夸张。单是坐火车就够受的，年纪大些的人吃不消，吃得消也不愿遭这罪，这还没算上买票的艰难。

我们不怕，年轻。更禁打禁摔的身体，更旺盛的好奇心。以我为例，可以乘从北京往南京的火车半道上在泰安下车，凌晨两三点登泰山，又因山上旅社住满，当天就下山赶火车，坐上十多个小时到南京。签了票再上车，已然失去座位，我所谓“坐”火车是站得实在吃不消了，在车厢之间的连接处找地方席地而坐而已。有我这样经历的人太多了，所以那时的风景名胜，总能见到很多大学生模样的人——除了年龄上看怎么也不是中学生之外，还有一再不会错的标志，是他们胸前的校徽，既然是时人眼中的天之骄子，很多大学生也就很自豪地将这身份形之于外。

我上大学时，还刮过一阵骑自行车旅游的风。我不知道这股风是不是从大学里刮起，大学生被卷进去的不在少数是肯定的。有个暑假，我们班上骑车出游的就有三拨，有独行的，也有结伙的。报上时可读到有关的报道，当然得上点档次，像从南京骑车到黄山之类，就太寻常。总要有点“壮举”的意思。比如驱车万里，独闯新疆、西藏；又或团队出行，大张旗鼓。

我在电视上看到过一队人马，好像就是大学生，每辆车上都插小旗，还有一面大旗，上书“壮游大好河山——某某某自行车旅行团”的字样。倘身份特殊，还会得到记者的青睐，因《在同一地平线上》声名鹊起的女作家张辛欣即有骑车横跨中国之行，边旅行边采访，行程时见于报端。

印象更深的是有位叫王大康的农民，发愿要骑自行车游遍全中国。农民自费骑车旅游，这是不折不扣的“新生事物”，记者自不难从中发掘出改革开放农村新气象等诸多信息。王所到之处，常有领导接见，甚至还有组织欢迎队伍的，媒体上不断在说，王大康到了哪儿哪儿了，王大康入藏了，口气像在跟踪一支远征军。媒体的关注时常引起领导的重视，领导现身在那时比现在更是媒体的例行报道内容，这两方面的互动，孰因孰果，我也说不清。

就像后来的长江漂流探险一样，骑车旅游也被赋予非同寻常的意义——常常与“振兴中华”“新的长征”这样一些大关目联在一起。其时“振兴中华”可说是“时代强音”，我们在不同场合高呼这口号，有时候是有组织的，有时候则纯属自发，后一种情况尤能显现出那个时代一种特异的氛围。好像发生在那时的事比后来更能产生所谓“轰动效应”，当然，也更容易在象征的意义上被理解。

我还清楚记得亚洲锦标赛上中国男排上演逆转胜韩国时的情形，其时我是在留学生宿舍电视室里看的电视，中国队每得一分，就是一阵震耳欲聋的欢呼，其疯狂绝不亚于南美球迷看世界杯。我敢说，不在现场，看排球看成那样，绝对少见。所以留学生们很诧异：这些平日挺安静的中国学生怎么了？比他们还疯。待比赛结束，校园里敲脸盆、从楼上往下扔热水瓶，响成一片，敲过了扔过了，我们就涌到街上去游行。过不久中国队在世乒赛上包揽七枚金牌，我们再度上街，在深夜空旷的街头喊“振兴中华”喊得血脉贲张，一路扯着嗓门喊过去，扬眉吐气，走回来累得无比痛快，其痛快程度，只会在舞厅跳迪斯科发泄了一夜的人之上，何况还有一种崇高感。

大家的兴奋都是外向的，我觉得甚至骑车旅游的那阵风都与这兴奋的调子合拍。当然，我只在那样的情况下才有“振兴中华”的豪情，从来没敢把自己骑车旅游的个人行为与此扯上关系。对我而言，把车骑到千里之外，这本身就够刺激的了。此外，将“行”与旅游联作一气，也是一个诱惑。坐火车或汽车到一地，下了车旅游才正式开始，似乎有点割裂，我每到一地喜欢骑了车逛，固然可以借或租辆车，但哪里像自己的坐骑，骑在上面仿佛异地也成了家门口。

行头

我的准备工作大体围绕自行车进行，备好轻便打气筒，买上一些配件，这些都在其次，最要紧的是学补胎，据说夏日骑长途，最容易爆胎。遂专门花时间在街边车摊上看人修车：如何将内胎扒出来充了气放在水盆里一节一节地验，见冒水泡即顺藤摸瓜找到漏气处，用火柴棒戳在那儿以为记号；如何将扎破处周围和用于补漏的小胶皮的一面用木锉锉得毛糙，再在创面和小胶皮上抹匀胶水；如何待胶水晾一会儿稍干后贴上，再用老虎钳将胶皮边缘夹紧，务使与胎黏合无间，等等。最后轻便打气筒之外，确是带着精简版的修理工具上路的，自觉已足以应付突发的爆胎事件。

除了与自行车有关的零碎之外，我的行囊里只有几件起码的换洗衣服，一只吃饭兼刷牙时盛水的茶缸，手电筒，应急的药品。唯有一样，很快就发现相当奢侈，是一具草编的吊床。大概是在电影里看到过，两棵椰子树间系一吊床，睡在上面料必自在。我想到的是，途中或许犯困，睡在吊床上，蚂蚁之类就不会欺上身来。

自行车关乎行，在住的方面，最要紧的是弄一批介绍信。我这儿说的是广义的介绍信，狭义的介绍信是公对公的，但我揣着的一些私人信件，其实也是介绍信的性质，因为目的很明确，就是找地方白住。大学生穷玩，能省则省，自然尽可能地寻找不花钱的落脚点，但凡转弯抹角能搭上关系，就要利用。其时宾馆主要服务对象是外宾（即使对外开放我们也住不起），旅馆则常人满为患且脏乱，不安全。

家家户户住房都很逼仄，但外出旅行，有可能住到人家里，那就还是首选。搁到现在，介绍一个朋友住到亲戚熟人家里，绝对是件不好轻易启齿的事，那时没那么多讲究，年轻人就更是这样。接待外人多半也都是住到家里，亲戚间的来往更不必说。后来我往广东一路行去，在杭州住在朋友的朋友家，到温州住一中学同学的亲戚家，都是朋友或同学修书一封，就找上门去。在绍兴更有意思，是去找一年前游黄山时认识的人，他家小得根本住不下，他便领我到他办公室去，往两张拼起的办公桌上一躺。到现在还记得他如何趿拉木屐扛张卷成炮筒似的席子领我往单位走。

当然，单位开的介绍信更不可少。介绍信也有为别事的，比如我想到一些地方的图书馆看看书，不过最要紧的还是为解决住宿问题。事实上许多单位的招待所都不对外开放，有介绍信则说不定可以通融，这是先决条件。开介绍信，有的目标明确，更多的时候并无具体对象，这时便要空白的，不填抬头，到时见机行事。我的介绍信大都是这样：某某同志前往贵处调研，请予协助为荷，此致敬礼！下面是单位、日期，最关键的，还是上面的公章。这样的介绍信，其功用相当于身份证明。身份证是没有的，工作证、学生证则显然不及介绍信来得权威或具有说服力。

介绍信与私人信件中，有到广州的。这就是说，我们原先打算中最终的目的地是广州。说“我们”，实因原是准备两人同行，不料那朋友突然得了病。谋划已久，忽然成空，我觉得这假期简直不知怎么过了。晚上，在一团沮丧之中忽想道：一个人为何就不能去？这个念头好似一帖兴奋剂，弄得一夜难眠，到入梦时差不多已然将自己想象成一个孤身赴险的英雄。

第二天醒来恢复理智，意识到这番冒险，父母决计不会答应，这就只有瞒天过海，遂装作仍是两人同行。事实上朋友也为我担心，因长我几岁，歉疚之余（虽然确乎因病却终归是“出尔反尔”）似乎也要为我的安全担干系，据说广东、福建一带，走私猖獗，治安很糟糕，抢劫之事，时有发生，孤身一人，出了事如何是好？

也算“险情”

当然，什么事也没出，既然后来我完好无损地回来了。好多年后回想此次平生最能算得上冒险的壮举，竟然想不起一桩可资渲染的险情，甚至几千里下来，车胎都没有爆过一次。

要么，那次被民兵逮着可以算一回？

不妨把可以算得上“事儿”的，都说在头里。

其一，进入浙江境内不久，让人审了一通——并非有何逾矩的行为，只因睡觉睡得不是地方。怨只怨没经验，初上征程只知道疯骑，好像不是长途旅行，倒像进行计时赛，暗地里和路上的骑车人较劲。都是“不宣而战”的性质。却也没遇见几个对手，因所遇多是乡间短途贩货、运输的人。加重自行车，宽宽的书包架上绑缚着小山也似的东西。其实是胜之不武的，从旁呼啸生风地超过去，还是大有见一个灭一个的快感。

当然如此高强度的骑行容易累，气人的是，歇脚的当儿，那些被甩没影了的“对手”“吭哧吭哧”不紧不慢地，又上来了。上路的第二天，歇下来就骨软筋酥，而且犯困，盛夏的毒日头，暑气蒸腾，路边一无遮拦，因见左近一村子的打谷场那儿有排房子，大概是仓库，门锁着，窗户却没关，便爬进去，找个角落倒头便睡。平日睡眠大成问题，算是有择席之病的，那一回却是一梦酣畅。梦的最后是被人恶意侵扰，推搡并且冲我嚷，待睁了眼，果有两张黧黑的脸出现在上方，像电影里的特写镜头。

一会儿工夫我便明白了，不是在梦里。二人先用方言而后很吃力地用蹩脚普通话问我是什么人，到这儿干什么。我说了，旅游。担心这二字太书面，还解释，就是出来玩。二人不信：这里有什么好玩儿的？都是审讯的口气。辩了一阵也没辩明白，就要我跟随着去大队部。从里面出来，见墙上倚着自行车，便要我交出钥匙，也不知出于什么心理，我不肯交，那两人要逼我就范并不难，有意思的是他们并不用强，长得粗壮的那个嘴里气哼哼不知说些什么，将自行车扛起就走。

这是以为人赃俱获么？我被“押”到一间极简陋的房间，其为办公室，证据就是有一张三抽屉的桌子、桌上的算盘，还有墙上的标语，有一条把“计划生育”与“振兴中华”截搭在一起。主“审”的人后来知道是民兵队长，好些人围着看，还插嘴。我拿出学生证，又解释了一番后，自然也便平安无事。待说出此行目的地是广州，话题便转到另一点：那么远的路，就为了玩？干吗要骑车去？记不清当时是如何解释的，反正他们的反应是好奇加不以为然，听不懂相互议论什么，看那讪笑的表情，不外“吃饱了撑的”“自己找罪受”之类。在某种程度上被当作咄咄怪事，则有一看热闹的小孩的大声喊叫为证，大人在喊他回家吃饭，他边跑边报道：“那个人要骑自行车去广州！”

重新上路后想此一番“遭遇”，骑在车上也迎风玩笑地喊了句毛主席语录“严重的问题是教育农民”啊。

另一事是在普陀山。一路杭州、绍兴、宁波骑过去，也就一路游玩，到了宁波，四大佛教名山的普陀不可不去吧？于是人和车一起上了船。先到舟山群岛定海，在岛上驱车数十公里到沈家门，再舍了车登摆渡船，这才上得普陀山。所谓“山”者，是“海上仙山”之山，供着观音菩萨的一个小岛而已，未及找好落脚处，已进出了好多座寺庙。有个博物馆就设在庙里，其时“封建迷信”正在“死灰复燃”，正当观音过寿前后吧，游人而外，无数的香客在求神拜佛，这博物馆却清静，因为已然不是下跪的地方。守着这冷摊的是个中年男子，看上去像是集领导与群众于一身，许是太清静了，就与我这唯一的参观者拉话，三言两语，我的来历、行程，包括尚未住下等等，都清楚了。说若找不到旅馆，可以就住在这里。——有这样的好事吗？我立马揪住这话头不放，说住处难找，事实上普陀不比别处，因接待香客的缘故，好多寺庙都兼着旅店，再不济大通铺总是有的。

博物馆的陈列室于是成为我的临时下榻处。晚上关了门，拣那中央一块地方用铺板架张床，有蚊虫，还费事支起了帐子。睡在里面很觉新鲜怪异，因地方高旷，四围又都是些玻璃柜，里面多是东南亚信徒或别处寺院赠送普陀的物品。我忘了那寺院叫什么名了，只记得是两进，那人以馆为家，住在一厢房里，我睡的陈列室是第一进，黑黢黢的似乎唯有门缝里透进点微光。外面的声音却响亮——这开关起来吱嘎作响的老式木门正对着千步沙，走不多远就到，终夜潮声不息。我就在这潮声里蒙眬睡去。

也不知过了几时，似梦非梦的，忽觉得有些异样，睁了眼，却在黑暗中看到那人的一张脸，他的手轻轻地摸在我的肩膀上。刹那间就觉每根寒毛都竖起来，不知道他想干什么，有那么一会儿一动也不敢动，后来就坐起来，说声“还是有点热嘛”，就起身走到院子里。那人好像没话找话还跟过来说了两句，就讪讪地回屋了。我站在那儿使劲琢磨怎么回事，却想不出所以然来，这是“老房东查铺”？是想谋财害命？还是，我遇上什么“同性恋”之类的事儿了？——“同性恋”当时还是个相当之不普及的概念，在我的意识里影影绰绰，模模糊糊，只有一大致想象的方向。

照说有此一念，就该感到危机四伏，此间不是久留之地了，我却没漏夜逃离，也许是不能断定究竟是怎么回事，也许是觉得不会有何大的威胁，也许是动静闹大了不知怎么办。总之我又回到床上去睡，而且不可思议的是，后来居然睡着了，还睡得很沉。

用旧小说里的套语，“一宿无话”。第二天起来，那人待我还是和原来一样，令人怀疑昨夜那番骚扰的真实性。我之断定昨晚并非做梦，且那人肯定是同性恋，皆因觉得那人的目光有点躲躲闪闪，还有就是他那张只有几根胡须的脸上有点女气的表情，然而是不是有了昨晚之事以后的“追认”，却也说不定。此时我断为近似太监的脸、过于殷勤的表情没准原来就那样，至少那几根稀稀拉拉、有反比没有更让人觉着娘娘腔的胡须，绝对没有变化。我尽量当作什么也没发生，走的时候客客气气，而他除了一路顺风之类的客套话外，还给我一包自腌的咸菜，说是热天吃这个舒服。不知出于什么心理，我一口没吃，没离普陀就给扔了。

在路上

上述“历险”都可说是有惊无险，也没给我留下所谓“心理阴影”；事实上真正有几分“险”，或者准确点说是“艰难”的，应该是路上骑行之时，而“千里走单骑”，“在路上”怎么着也是一大关目。

我没想到最初行路之难与路无关，却是关乎太阳。七月里江南，毒日头可以晒得路面的柏油熔化，温度高到一动不动亦汗出如浆，里里外外的热，恨不能一丝不挂。毫无经验，我是一身短打上的路，甚至遮阳帽也不戴。见路上有农民赤了上身登车，还起过效法的念头，终是格于“文明人”的身份，未曾当真实施。一日下来，身上暴露在外的部分晒得通红，睡觉时只觉浑身滚烫，好似毒辣的阳光贮在皮肤里了，尤在发挥余热。第二天晚上到了杭州，烫的感觉变成了疼，洗澡搓垢时尤甚，就觉总也搓不净，越是搓它越是疼，但搓不干净不舒服啊，到最后才知道，已然不是污垢，是曝晒之后蜕的皮。从澡堂的一面镜前过，见自己已很有几分“面目全非”的意思：烈日的洗礼留下劣迹斑斑，身上无遮处固然色分深浅，脸上也是如同患了白癜风一般。有此教训，再上路时再不敢图凉快，一定捂得严严实实。

我的业余，也见于行程的毫无计划，行程多少，路况如何，一概不知。好在江浙一带村镇密布，稠人广众，到哪里食宿总能解决。由温州往福建去，路上已是山区，人烟稀少，骑得百十公里，固然必能到达某一县城，路途之上，却少见人家，没有干粮在身，就要忍受饥饿之苦。有一日便是如此：早上八点上路，到傍晚也没吃上一口。其实未到中午，饥饿的感觉已是阵阵袭来。——有机会的，因骑行中曾不止一次见到远处有炊烟，甚至清楚看到山上的房子，只是想着赶路，仍巴望遇上路边的小店，再则将自行车抛在路边沿小路攀过去，来回有一段路，深恐被偷，也就作罢。我的另一个机会倒是就在路上——一只被汽车轧死的鸡，开膛破肚，内脏在外，血已是干了，暗红的血迹。压扁了的鸡僵硬地躺着，烈日灼灼地晒着，虽在公路上，也是一种蛮荒的感觉，有几分恐怖。但是饿狠了，我决定弄了来吃。起初甚至有点兴奋，因这是从未有过的经验。计划是先捡些柴草生火用饭盒煮开水，褪了鸡毛，而后就放火上烤。问题是首先就找不到枯枝败叶，盛夏里，到处欣欣向荣，即使好不容易寻了竹枝之类点起火来，又不懂如何褪毛，跟那只死鸡搏斗了足有半个钟头，终于放弃。

饿，只有挨着，渴的问题，倒是不难解决。水壶里的水早喝完了，沿路却有取之不尽的山水：公路傍山的那一面，隔一段路就见有竹管引了水下来，也不知是山泉，是雨水。起初担心不卫生，只尝试性地接了一点儿，嗓子冒烟，含着漱漱口也是好的。不想到了嘴里很是甘甜，也就不管不顾大喝一气。饥与渴到底是怎样的一种关系，我不知道，也不知道后来骑一段就狂喝水是否有借水来镇压饿的意思，只知道越发地饿了，不住地喝，腹胀如鼓也腹响如鼓，分不清是饥肠辘辘地响还是满肚子的水在咣里咣当。直到将近晚上八点，终于在路边发现了一个小饭铺，主人说，没菜了，饭之外只有一点儿水煮的黄豆芽。这已经让人喜出望外了，我吃了两大碗饭，那清汤寡水的豆芽则不啻天下美味。

挨饿的那天开始，算是进入了最难行的路程。从南京到杭州，属丘陵地带，地势虽有起伏，也不过是翻些大坡，杭州到绍兴再到宁波，更是一马平川，从温州往福建，则进入到地道的山地。头一回领教了什么叫作盘山公路，往往骑行一阵就得下来推行，眼前的路陡陡地高上去、高上去，一眼望不到头，汽车也“吭哧吭哧”行得吃力起来，与之相比，原先爬过的高坡简直就是坦途。挨饿的那一天骑下来，累得不行，难得地向人打听前面的路，回说是更难走，自行车没法骑。这真叫人绝望。没想到第二天心生一计，令后面的路忽地变得轻松起来。

——我想到了彼时乡下路上并不鲜见的搭车场面。此处所说搭车不是通常搭便车之意，或许应该叫作扒车，只是并非铁道游击队式的真正扒到车里，是骑自行车的人尾随机动车之后，一手扶龙头，一手攀住前面车上可抓握处，省了骑行的力气让汽车、拖拉机带着走。乡下车少，无人过问，驾驶员发现了大加呵斥，扒车的也不以为意。我见过的多半是少年人弄险，很容易出事，然盘山路那样的高坡，车行很慢，慢过平地上骑自行车，且又没变速、急刹车之类，应该不会有什么危险吧？

有此一念，遇大坡我便停下不再往前走，找块树阴凉快着，好整以暇等着路过的卡车。那时的卡车、拖拉机后面的拖斗是同样的形制，为装卸方便，三面的挡板都可放下，竖起时扳起把手来卡住。这把手便成为我的牵引，骑在车上一手抓住了，高下正合适。有个司机从后视镜里见了，停下车来阻止，待我上前一陪话，也便允了。其他遇见的司机，也都通情达理，有时恰遇他们在坡底停下，我会主动去说明，而听说我是骑车出游的大学生，有一位开着空车的甚至帮我将自行车抬起扔进车斗，干脆捎了我一程。如此这般，盘山路居然变成了最省力的路程：上坡借助汽车，那样的大坡，下去时整个不用己力，把稳了龙头就行。

司机们都叮嘱，到了坡顶一定得撒手。这告诫有点多余：飞流直下地下大坡，还须再借汽车之力么？当然从另一角度说，下大坡又是最紧张的时刻。盘山路坡陡弯急，一面傍着山，另一面就是山谷，隔好远才竖有一根路桩，根本起不到防护的作用，且又是碎石子的路面，自行车高速地从上面过，常碾得小石子飞迸出去，窄窄的轮胎常有打滑之虞。所以一面是好像在体验御风而行的轻逸，一面不免又提着心吊着胆，捏着刹把一刻不敢放松。有回稍稍走神一下，忽地就有一急弯扑到跟前，猛刹车，轮胎打偏倒下来，还好只是胳膊膝盖蹭破点皮，往外看时，却惊出一身冷汗，再往外出去一两米，就摔出公路，并非悬崖绝壁，死或不至，伤总难免吧？

饶是如此，下大坡还是有一种兴奋——那速度，那气势，如同胯下千里马、足下风火轮，呼啸生风。那感觉，怎一个“爽”字了得？印象最深的是有次攀住卡车爬大坡，转了无数的弯仍在往上爬，仿佛这坡是没有尽头一般，待总算到顶谢过司机，便歇口气啃点干粮，一面也看看下山的路。居高临下，就见公路绕着山扭来扭去，一会儿隐没在山后，一会儿又复出现，很远有一处地方房舍众多，想来就是打算过夜的那个县城了。便即飞身上车——哪里是骑车，整个策马下山的感觉，只觉满耳的风声，转过一个弯，仍是下坡，再转一弯，路又忽现，还是下坡，风掣电闪，兔起鹘落，七盘八绕的，仿佛就没蹬过一脚，看着老远老远的，却似倏忽之间，已然冲入城中。回南京后向人描述那感觉，极尽渲染之能事，这一遍说是好似“飞流直下三千尺”，那一遍又说就像章回小说里写的，一路掩杀过去。也不知哪里挨得着一个“杀”字。

揩公家的油

当然，可吹嘘的远不止此。

最惬意之事，莫过于进入福建境内的骗吃骗喝。其时尚无“公款消费”一说，但有十来天，我的吃喝住宿，的确是公款，只是尚不足以言“消费”——“揩油”的性质吧。公款消费，得是有身份的人，穷学生而能吃住不要钱，大约也只有“文革”初红卫兵的大串联。我之能够在承平之世享受此项待遇，还要感激骑车旅行这一“新生事物”——前面说了，报纸上、广播里都在正面报道哩。那时不叫媒体，叫宣传战线，报道若是正面的，就有提倡的意思，上面提倡，下面当然要支持，支持的具体表现，便是好多地方对骑车旅行的人热情接待，食宿全包。

起初并不知道有这样的好事，直到在舟山群岛体委招待所里遇到一拨郑州大学的大学生。他们是从河南骑过来的。有一日下大雨，都耗在房间里，就瞎聊，听他们说一路的见闻，令他们兴奋的是他们在某地遇到过农民旅行家王大康。好家伙，整个恨不得把家都背上，大口袋米，好几副备用胎，汽筒，甚至还带着做饭用的煤油炉。

到吃饭时间，听说我要去买饭票，郑州大学生一脸的诧异：没给你免食宿？这下轮到我诧异了，一问，原来他们一路行来，凡县以上有体委的地方便径奔那里，吃和住，就没花过自己的银子。事先联系好的吗？说没有。但你们是集体行动，我是散兵游勇，谁知道我是谁？他们说一样的，他们就遇见过单独行动的。他们当中显然是领袖的那个大个子反问道：你是谁？你是大学生！有学生证，还有自行车，自我介绍一下不就结了？！

高考恢复没几年，大学生那时确乎是天之骄子，社会上固然是另眼相看，大学生似也对周围“世界是你们的”期许和羡慕据之不疑。他们都佩戴着校徽，大个子把自己的取下给我，很轩昂地道：跟我们一起去，算我们一伙的，食堂的人都认识我了，没事！于是我第一次蹭了公家的饭。

人是不能有诱惑的，有此一遭，以后便有了非分之想。我说“非分之想”，实因势孤力单，真要去与“单位”接洽，还是不免忐忑。他们那阵势确是足以“先声夺人”的，首先是人多势众，再者还看到过他们的一面红旗，上书“振兴中华，壮游神州”，另有“郑州大学自行车旅行团”的字样，甚至他们较我远为沉重的行李、装备，包括铺盖卷、帐篷——不仅师出有名，也让我觉得“正式”。但吃饭不要钱的前景太诱人了，由不得你不冒险一试。

事实证明他们说得并不夸张。进入福建后的第一站，福鼎，我的公款消费计划正式启动。试探性找到了县体委，出示了学生证，不劳费辞，工作人员就给安排地方住下了。不记得在哪儿吃的饭，反正没花一分钱。我清楚记得的是在连江，也是奔体委，体委在县委院子里，赶上星期天，没人办公。看门老头告诉我体委主任就住在附近，我便找上门去。他家在一条巷子里，简陋的平房。是个结实粗壮的中年人，黧黑的面孔，像我在电影里看到的渔民，正赤了膊坐在门前的空地上喝锅边糊。听我报了身份来历，一迭连声地“欢迎！欢迎！”着放下碗筷，不待我说明来意，便进屋套了汗衫背心，趿着拖鞋就领我去住宿。

“你们大学生好啊，有寒暑假，又有前途。”他一边走一边对我说，不知道是怎么把假期和“前途”嫁接到一块儿的。我说我一穷学生，你是主任哩，他道：“什么主任？光杆司令，光杆司令！”边说边把我的自行车、背包都抢过去，争也没用，我感觉简直是牵马坠镫的架势。安排的住处在一小楼上，县里的华侨招待所，从服务员那儿领了钥匙，进一间单人房，里面窗明几净，木地板，还有一对木头沙发。体委主任说，小地方，条件不好。再寒暄几句，告辞了。关上门便在床上翻了个跟头——哇噻，这是什么待遇！须知那几年逢暑假便出去旅游，大通铺，澡堂子，什么地方都睡过，何曾有过单间？！

第二天早上体委主任和另一人早早过来领我去吃早饭，过后上路，两人站在路边挥手作别，我飞身上车之际，颇有几分再上征程的意思。

有此一番际遇，再往后便将公款旅游视为当然，到一地便堂而皇之去“依靠组织”。原本好日子应该很快就到头的：

因骑车旅游之风愈演愈烈，并且大学生尝到了甜头，都指着依靠组织，组织上有些吃不消了，国家体委为此专门发文，报上也登了，称骑车旅行是好事，应鼓励，但属个人行为，各单位不可再以公费接待。

在较小的规模上，这也像是一次大串联的叫停。我是在福建省体委听到这“噩耗”的，其时已在福州玩了两天，住在福建省体委招待所里。这次到办公室来接洽，指望弄到一张省体委给下属单位的介绍信，如此则日后越发理直气壮，接待升级也未可知。办公室主任是个老者，一听来意便道：来得正好，上面发文，没有特别的理由，自己找上门来的，不许再接待。照说招待所今天就不能让你住了。

参以我正打着的小算盘，这不啻兜头一盆冷水。既然原来并没想着天上掉馅饼，白捡了一些日子的便宜，再往下回到原先的行走方式，应该没什么的。但好比将吃到嘴里的肉再吐出来，自是百般不愿。白吃白住了几天，脸皮也厚了，就缠着那人说，出门在通知下发以前，突如其来地变卦，困难呀！孤身一人，添的麻烦也不大，考虑我的具体情况吧。没想到居然就开恩，不仅让继续住下去，而且介绍信也开了。只是言明，管不管用他不知道，还要看下面他们自己。介绍信含混地写着“酌情予以帮助”的字样。

但是怎么会不管用呢？既然是来自上级单位。在闽南骑行，莆田、泉州、厦门、漳州一路过去，一次次将这尚方宝剑祭出来，若体委的人提起上面叫停的通知，或是面有难色，我便请他们注意介绍信上的日期：那是在通知下达以后呀。如此这般，白吃白住得以继续下去。只是像连江那样的待遇再没享受过，有时还明显地见出“组织”上态度的勉强。有的地方管住，吃就须自理了。大点的地方好办，像在厦门，体委招待所里正住着一拨集训的运动员，到点了就伙在他们堆里吃运动员伙食。

后来从招待所服务员嘴里知道，就是没上面的通知，他们对“壮游祖国大好河山”的人也已经烦了。他们这里就来过好几拨，都是大学生。其一是吵，骑一天的车也不嫌累，深更半夜不睡觉，弹吉他唱歌，还有亮着嗓门朗诵诗的。其二是脏乱，总是把房间弄得一塌糊涂，前些时候来的是哪个艺术学院的，大胡子、长头发的，更不像话，这里上厕所要从楼上跑到楼下院里的公厕，夜里懒得动了，就蹲在窗台上撅着屁股朝外拉屎，结果没蹲稳，摔下去了。“还大学生哩！”服务员一边说一边笑。

她说的两点我都可以证明，或者想象。我和郑州大学的学生住在舟山体委招待所时就是那样，其他的热闹之外，他们还为后面的行程大起争执，吵得天翻地覆。此外也不过两天工夫，就能把住处弄得跟男生宿似的，而且进去就一股臭脚丫子味儿。夏天，不像现在好些年轻人习惯穿旅游鞋，大都是穿凉鞋的，门窗又时常敞着，也不知怎么就能立竿见影聚集起浓得化不开的味道。只能解释成年轻人的火气大。

甚至不择地拉屎那样的劣迹我也能想象。想想每届学生毕业时近乎最后疯狂式的发泄，想想看世界杯时放纵的大呼小叫，在校园里从楼上往下扔热水瓶，点着了扫帚当火把的狂欢，就可推想服务员所说绝非诬陷。我从一些小说上也读到过外国大学生的胡闹。而无论中外，大学生在荒唐无赖的行动上似乎都是享有豁免权的，在大学生自己，固然有一种青春做伴的肆无忌惮，社会上也很肯包涵。八十年代就更是如此，人们心目中的大学生的形象总是那么阳光，前途无量。那服务员与我说起来，语气里也是不经意地于鄙夷中流露出羡慕，大学生在她那里显然被看作高于自己的一个特殊人群。

但是不管怎么说，我的好日子至此真的要到头了：按照预定的线路，再往前就该进入广东的地界，祭出福建的介绍信怕是不灵了，而且据我与前相比在“组织上”受到的冷遇，叫停通知的精神似乎已然深入人心。但我原本还想着一路再去磨蹭，反正也不觉被拒丢人。实在不行，再做回花自家银子的苦行僧。不想此时忽然生起病来，腹泻继之以高烧，几番点滴，壮志消磨，居然“不如归”的念头就冒了出来，此念一旦生成便愈演愈烈，想家，竟有几分浓愁如酒的意思。

这时我住在漳州体校大院里，体委工作人员应付着给找得一空房间，平日大约是体校学员的宿舍，三张空空如也的上下铺。放假，人都走空了，楼里只看门老头和一住家户。晚上从医院挂了水回来，身软如绵，万念俱灰。敞开的走廊上住家户那男的坐在房门口，就着昏黄的灯光兀自百无聊赖地玩扑克牌，通关。我在另一头伏在栏杆上，看着下面黑洞洞、空荡荡的运动场，一支接一支地抽烟。

原本不吸烟，香烟原是听过来者建议，供一路上与人套近乎的“不时之需”的，殊不知不会抽烟的人请人抽烟极笨拙，往往一边与人交涉，一边手在口袋里捏着烟，不知何时“出手”，总觉不自然，到事情已了，那手还在将掏出而未掏出之际。行路辛苦，而且孤身一人，有些时候亦有无聊之感——或者体面点说，叫寂寞——不知怎么自己就抽上了。病中抽烟，其实难受，但还是刹不住地抽，抽到第N支，忽然有一了断：回去，有什么归不得？！——这样的自问自答说明关于是完成此行计划，不到广州非好汉，还是就此打道回府，曾有一番“内心挣扎”：按计行事，挺进广东，便是纵横四省，更有“壮游”意味，而且高烧已退，再歇两天，总可恢复；问题是人到此时已是强弩之末，意兴阑珊了。帮我做决断的人来头也大，是苏东坡。《记游松风亭》说他欲登松风亭，半道上即感乏力，对登临心生畏意，忽想到“此间有何歇不得处？”，于是“如挂钩之鱼，忽得解脱”。他歇得，我半途而废，有何不可？

第二天便买了火车票，托运了自行车，“踏上归程”了。找苏东坡撑腰，这也不是第一次，后来琢磨，两军阵前“不妨熟歇”的洒脱，与所谓“时代精神”颇有违碍的，只说“务虚”的活动吧，若以大张旗鼓宣传的长江漂流探险为判，则“时代精神”应该是“不到长城非好汉”。在电视上看到那种“壮士一去兮不复返”的画面，很受感染的：真有一种取义成仁的悲壮。一个激动人心的时代，一切都可以被升华。可惜我半途而废，不过完成一次少年狂的行动，但多少也说得上“时风所染”了。说到底还是年轻，而八十年代原本就像是一个国家的青春期啊。

此次远行的一个结果，是学校的黑板报上第一次出现了我的名字。有个同班同学写了篇报道，题为“单骑闯华南”。偶从黑板报前过，发现驻足观看的人大都在看别的内容，似乎只有我，将那番“壮举”从头到尾欣赏了一遍。也许是报道中有“发扬……精神”“振兴中华”一类的字样，以至后来回想，总不经意地就会联带到在舟山群岛遇到的那拨大学生，包括他们那面大旗。不知道完成预定计划没有，好像他们也并没有明确的目的地。

至于我，此行影响深远，及于今日的，只有一条，即在路上学会了抽烟，其后愈演愈烈，到现在也没戒掉。

八〇碎片

遍地舞场

一

新文化运动以后，“新”作为一种价值就确立起来了，相对于“旧”，“新”总是代表着积极向上，代表着先进，故支持“新生事物”，仿佛是一种“政治正确”，新中国成立后就更是如此。问题是“新”与“旧”的标准因时而变，贴哪个标签关乎政治需要，往往是“此一时也，彼一时也”——此时被目为“新”者，彼时又被目为“旧”。比如交谊舞，四十年代由史沫特莱带到延安时，绝对“新生事物”，是被认为有益身心健康且有反封建意义的。

五六十年代党和国家领导人都还在跳，五十年代初学苏联老大哥，更是动员党员干部要带头学着跳的，不仅要扫除文盲，也要扫除舞盲，“向困难进军”，学跳舞也可以成为其中的一项。“文革”后我在电影里看到那时候电影上的画面，女的穿布拉吉，大辫子上缀以蝴蝶结，男的白衬衫带背带的工装裤，或是苏式的军服，相拥起舞，脸上一概是透明的笑，装点出一种明朗而富于朝气的气氛。

予生也晚，未能躬逢其盛。那时我家在一部队大院里，到周末院里一楼的食堂就辟为舞场，据母亲说，我父亲也时常去跳，还颇为热衷，我觉得难以想象。更难以想象她说那时的邻居谁谁谁，也都去跳过，印象里这几位有笨手笨脚的，有缩头缩脑的，怎么下得了场？但是“响应党的号召”，有困难也就说不得了。不想“文革”一来，就变成地道的“旧”了，因源于西方，就往“资本主义”那边“旧”，有了“资产阶级”的属性。我那辈人小时候只会跳“忠”字舞什么的，再不知有交谊舞一说。

谁知“三十年河东，三十年河西”，七十年代末八十年代初我上大学那段时间，交谊舞居然重新获得了合法性，而且显然又被目为“新生事物”了。“新生事物”往往是要“倡导”的，倡导经常采取的是层层发动、全民动员的方式。我不是学生干部，不够资格去听老校长的动员，不晓如何阐发交谊舞的意义的，不过也能心知其意，因报纸上已经在宣传了，总之，“开放”就是“新”，交谊舞无疑是“开放”之举。

学生干部接到的指令很明确，要发动同学跳起来，党员干部嘛，自然要身先士卒，都得跳，不会就学。我们班长是个较老派的人，对交谊舞之类肯定没什么兴趣，却也不反对，只是——“不能搞强迫命令嘛”。他好像不是止于腹诽，正经向组织反映过的。也没得到什么下文。但因班长的消极态度，跳舞令在我们班显然未得到大张旗鼓地贯彻。固然是组织、动员不力，没有真正“发动群众”，另一方面，我们班的“群众”也委实落伍了点：大多来自苏北农村，男女几无接触，连文体活动也几乎没有，这样的“交谊”，正眼看也要拿出勇气的，显然已大大出于承受力之外了。此外五十多人的班级，女生止得六七个，更难形成交谊舞的氛围。

我们的兄弟班级则是另一番气象。那一年中文系招了一个大专班，基本上都是南京人，女生又多，比我们班活跃多了，跳舞令下达未久，早已舞得风生水起。大概是想拉兄弟一把吧，那班上的干部就提出给我们启蒙。盛情难却，却之不恭，班长若是推诿，就太说不过去了，于是说定某日联系好场地，教舞。

在我们班按兵不动的这段时间，交谊舞会已在校园里遍地开花。每到周末，食堂、体育馆这些地方早早就被排满，届时彩灯闪烁，一片“嘭擦擦”之声。下了好大决心决定组织学跳舞的人发现根本找不到地方。最后因陋就简，找到了物理楼上的一片露台。那日下午，一拨人到了那里，大专班派来一拨女生，已在等候。这场合就更分明地见出“群众”的难以发动了：事实上不少人也是被逼来的，或者说，连哄带骗。虽然反对以组织名义强制参加，班长还是劝党员干部都去，就是不学，看看也行。这会儿一帮人杵在露台上，一个个都是不自在的模样，或者自顾自说话，好像没有跳舞这回事，班长等人空自吁请着：“跳嘛，跳嘛。”即至大专班女生上前邀请，好几个都推脱、退缩，说是先看看。我在一边暗笑：倒像是抓壮丁。

未料很快“抓”到了我的头上。也许因为我是南京人，想来会大方些，才找到我。那女生与我未怎么说过话，却是面熟，算是认识吧。我也没推，跟着到了场上。只是那样的氛围，总不免有几分尴尬。坏事就坏在肢体接触上。我是地道舞盲，得从ABC教起，第一步，便要我搂着她的腰。此事大难——天地良心，此前我与异性的肌肤之亲，限于中学某次学农时过一水沟拉了两个女生一把，手的碰触而已。大专班女生倒大方，见我不知如何下手，就把我一只手拿过去放在她腰际。从手到腰，这一步迈得忒大了，让人不自在。故对后面教舞步有点心不在焉，手的接触仅维持在若即若离的状态。那女生不悦道："搂紧点嘛，男的是要带着女的跳的，你这样怎么带？"这显然只会叫人更紧张。我果然手紧了点，只是越发乱了方寸，步子不知如何走，只觉手心出汗，那动作不是搂，不是扶，是紧攥住人家衣服，像抓救命稻草。如此这般，过一阵儿那女生就停下来道："也用不着那么紧嘛。"此语一出，我距崩溃也就不远了。

此后不知班上是否还组织过类似活动，即使有，即使来动员，我也不会去，自觉平生未尝受此大辱——实在是"伤不起"了。

二

说上世纪八十年代全民皆舞，肯定是夸大其词，然而跳舞之风的确是盛。上面有号召，下面很起劲，焉得不盛？我们班跳舞不成气候，显然无碍大局。

起先都是单位组织，也就在单位食堂、会议室之类的地方跳跳。学校、机关，凡大些的单位，周末原本早早沉寂的食堂一下子热闹起来，充作舞场，大有歌舞到天明之势。没人做过统计，想来同一时间举办的舞会的场次，空前绝后。这种舞会属内部性质，参加者大体上都是本单位的人。倒也不是凡外人就拒之门外，只是限于同学同事的亲友熟人，“社会上的人”则是要警惕的——这是没有单位的待业青年的别称，直到八十年代末，在人们的心目中，这仍是一个“不三不四”的可疑人群。有许多关于他们在舞场、冰场滋事生乱的传言。

倘单位里某人带进了可疑的人来，事后必有人好言相劝。此所以虽然总有人在托关系带着进入单位的舞场，通常情况却是不得其门而入。

但是时势推移，很快就在单位之外有了别的去处。我是说，营业性的舞场开始出现了。在南京，名声较响的有两处，一是北极会堂，一是五台山，都是原先的人防工事改造而成。两处都是偌大场地，能容好几百人共舞。我与这种地方应是绝缘的（南京刚出现旱冰场时，我“先锋”过一阵，跳舞这种很“潮”的事我则因那次学跳时遭受重大心理挫折，从此敬而远之），不知怎么居然也去过一两次。好像是十元钱一场票吧？

但我所谓“全民皆舞”，光靠这些场子担不起，题目中说的“遍地舞场”，单位的、公共的之外，还得把家庭舞会算上——当其时也，家庭舞会真是遍地开花。家庭舞会，建国前不用说，建国后直到“文革”前，也还有的。多半是富有而洋派的人家，发帖子邀了人来舞，很绅士，很正式。这样的舞会，八十年代也有的吧？主人多为高干子弟，也唯高干才有那么大的房子。是不是够绅士就难说了，因时不时听说舞会成了流氓场所，警察得了消息去拿人，跟端黑窝似的。我说的家庭舞会并非此类，能不能算舞会都很难说，因往往不是说好了有备而来，所谓场地嘛也是逮着谁家是谁家，绝对的因陋就简，随意得很。过去朋友聚会，不外喝酒聊天而已，再不就是偶或弄到什么片子，集体观摩。也是时风所染吧，那阵子若是有男有女、人数稍多的聚会，经常好好的就跳起舞来。往往是聊了一阵，忽然有人提议："我们来跳舞吧。"于是就搬桌搬椅腾地方，放上磁带就跳将起来。有次是在一对画家夫妇家里，不到二十平方米的客厅，还放着沙发电视柜之类，六七个人在房间中央方寸之地，你说怎么跳？也就是和着节拍挪挪步子吧。

不仅家里，宿舍也可成为舞场的。我印象很深的一次，便是在宿舍里大跳迪斯科。虽然上面号召跳舞，迪斯科却显然不在其列。交谊舞被定性为"健康"的，迪斯科则似乎有"颓废"的嫌疑。然而还是很快在年轻人中风靡一时——这个，当另说。

牛仔裤

在我为数不多的具有“先锋”色彩的行为中，穿牛仔裤要算一项。近日翻旧物，翻出八一年暑假骑车出游时的照片，穿的就是牛仔裤。牛仔裤其时很是时髦，但就穿衣而言，人可分两种，一种可将寻常衣服穿得很拉风，一种相反，能把时髦货色穿得无声无息如同锦衣夜行。我属后者，一旦上身，绝无招摇过市之虞。买上一条，也不是冲着“潮”去的，我中意的是它的经穿、耐脏，随便什么地方，都可一屁股坐下去，骑车远游，正相宜。

话虽如此，牛仔裤的先锋性却不因我的先锋意识淡漠而稍有减弱，在报纸、广播中，它有时是被归入“资产阶级奇装异服”的。好多年后我才从张北海先生的文章中知道，这种蓝色粗棉布打有铜钉的紧身裤，早在国人头上还留着大清辫子的年代（一八五〇年）就在美国发明出来了，只是此后差不多有一百年，都只有伐木工人、铁道工人、牛仔、矿工这些从事重体力劳动的人才穿——哪来的“资产阶级”？分明是无产阶级的行头嘛。我们应该似曾相识的，因为当时大一点儿的工厂里都发工作服，也是厚厚的粗棉布，蓝色，称为“劳动布”，虽然色调有异，样式更大相径庭，却不乏同一性。

当然，它的阶级出身不能说明一切，上世纪五十年代起，嬉皮一代的美国年轻人开始将其据为己有，已然模糊乃至泯灭了牛仔裤的阶级特征，欧美人着装上的一套差序格局也就此被打破了。既然过去将西方传过来的一切都和“资产阶级”挂钩，牛仔裤与喇叭裤、蛤蟆镜、邓丽君、接吻等拢在一处贴标签，也属顺理成章。

“阶级”是意识形态才会抓住不放的概念，对普通人来说，不管是欣羡其“潮”，还是疾视其颓废，都还是源于“奇”与“异”。至少在我看来，这方面牛仔裤远不能和喇叭裤相比。

我这辈人的时装概念，很大程度上是在裤脚管上建立起来的：尺寸超于常规，或大或小，不仅是入时，而且超前。男性的小脚裤曾经风靡过一阵，但远不及喇叭裤的富于视觉冲击力。喇叭裤之名是象形而来，膝盖以下，裤管渐趋肥大，呈喇叭状。喇叭可大可小，要者在有喇叭的形状。招摇的时髦青年都是往大里去，夸张者，裤脚两尺有余，走起路来，分花拂柳，像柔软化的扫帚。以形而论，彼时的牛仔裤也可以称作喇叭裤，也是因裤脚处最大，做喇叭状，只是不像喇叭裤那么招摇，不能说喇叭裤一概是大喇叭，然牛仔裤大体上都是小喇叭，却可断言。

都是紧身裤，紧在膝盖以上，大腿、臀部皆紧紧包住，喇叭裤通常所用布料薄而软，随物赋形，于臀部的勾勒更见分明。有种说法，谓服装也是一种语言，穿衣上自有“语不惊人死不休”的一派，落实到喇叭裤上，裤脚的超大之外，就是锐意强化上面的紧，紧到外人要担心会不会随时爆裂，到这程度，内裤的形状也“力透纸背”彰显出来，难怪我在路上不止一次听到看在眼中的中老年妇女啧啧有声发议论：“屁股沟都要露出来了，什么样子？！”

相比起来，牛仔裤因牛仔布的厚与硬，自有其型，就含蓄不少，同时看着就结实，颇能给人安全感。我对喇叭裤不感冒，也没有敢为人先的勇气，故从未问津，牛仔裤倒是深获我心，虽然初穿时觉得双腿如遭捆绑，但那是过去裤子都是宽松一路的缘故，穿一阵就自如，且它仿佛泥里去得水里去得，又有无需虑及什么裤线、皱褶之类的优越性，足以抵消初期小小的不适。

它的低腰适应起来也不算回事——此前我们的裤子，不分年龄，裤腰都在肚脐以上，留下的后遗症是，尽管牛仔裤紧绷绷不系皮带也绝无掉下之虑，不少人还是会下意识地不时提提裤子。倒是认定其结实无敌的那份安全感，要打点折扣。其时街上的牛仔裤大都连杂牌都说不上，地道的三无产品，印象中正经商店里见不到，都是地摊货，我的第一条牛仔裤就是在城南一处地摊上买的。

“奇装异服”在国营店里名不正，言不顺，练摊的则正是仗着“奇”与“异”别开生面。货大都是从广东、福建那边来的，有个叫石狮的小地方暴得大名，似乎成为走私的代名词。地摊一条街也可称“走私一条街”，至少摊主会信誓旦旦地向你担保，他这儿都是走私货。你若显得犹疑，有些能说会道的摊主会神秘兮兮地说他有什么海外亲戚的渠道，听起来像黑社会，总之，路子野着哩。

“走私”仿佛是时髦的同义语，但从来不是质量的保证。买主找到地摊上来论理的时有所见，牛仔裤绽线了、拉链拉不上了之类，要换，要退货，争吵不断，比正经商店里热闹多了。饶是如此，地摊上还是人头攒动，生意极好——廉价、花样多之外，还有挡不住的赶时髦的热情。

当然，这里的服装还是有不少人嫌贵。须知“文革”时期为了省钱不买成衣，扯了布自己做是相当普遍的，八十年代初这上面的自力更生虽然不那么主流了，也还是余音袅袅。有个熟人，他弟弟在上中学，看别人穿牛仔裤眼热，跟大人要，大人嫌贵，又被缠不过，遂照葫芦画瓢给他做了一条。他妈妈真是手巧，做得几乎可以乱真，牛仔裤原是大批量生产，极工业化的，这里阴错阳差倒变成了“量身定制”。小孩开始一听说要自己做，坚决不干，后来大约是见到做出来像模像样，也便穿了。他并未忽略一处细节：其时男裤并未普遍使用拉链，牛仔裤则都是拉链封门，他妈居然用了纽扣，这让他气得不知说什么好。但力争未果，只好将就。不幸在学校集体如厕时被同学发现，大起其哄，遂在学校传为笑柄。一出“更衣记”虽出在男孩身上，也自刻骨铭心。

我想这应该是牛仔裤已成大潮之后的事了，再早些，有些中学是禁穿牛仔裤的。社会上，则如临大敌有似五十年代的台湾地区。张北海说，那时穿条牛仔裤，父母训你关你，老师记你大过，报纸骂你，警察抓你，还有看不服你穿而揍你的。我没听说过大学有禁穿的事，不过在老派的人眼中，穿牛仔裤多少还是有点不正经。有个朋友八三年考上了研究生，去见导师，导师先就给予做人方面指导：“穿牛仔裤、滑雪衫，哪像个研究生？！”滑雪衫是棉袄的替代新品，多以尼龙丝为面料，色彩鲜艳，也属新鲜出炉。滑雪衫尚不容，况牛仔裤乎？

没想到几年过后，牛仔裤已是一裤风行，我想不出任何一种服装有它这样的覆盖率。覆盖那么大的人群，不仅年轻人穿，中老年人也穿。初时年纪大些的人穿，还显得有那么几分与众不同，到后来谁都视若寻常了。六十岁以下的人，衣柜里没一条牛仔裤的，想来是少数。

当然牛仔裤也是渐趋多样化，不再定于“小喇叭”一尊的缘故。但另一方面，牛仔裤的时尚一面并未消失，普及之余，也在不断翻出新花样来，似乎是在内部分层了，有大众款，有新潮款。有一阵，时兴石磨蓝，也是一种做旧吧，磨得臀部、膝盖等处泛出白来。及至石磨蓝烂大街了，又有弄破了洞的，类似剪了边的兴起。好像也唯有牛仔服，会往“破”里找灵感，从“破”里制造出时尚气息。破洞是“磨”道的升级版，干脆将裤管某处磨穿，有的还故意磨到剩几缕线在洞口处晃。我那辈人小时衣裤常穿到破旧，袖口处丝丝缕缕——没准儿灵感就从那儿来的也未可知。又有一种是裤脚处不加缝制，任其毛边，有似随意将裤管剪下一截。

就像当初牛仔裤从新潮变为常规的服饰，牛仔裤的新款也在渐渐变得普及。破洞的牛仔裤，过去只有艺术家派头的人，或是不惧招摇的人才穿的，如今凡不愿太显落伍的年轻人都愿有一条了，我在校园里，就时能见到一些文静的女生也这么穿着。

我怀疑有意无意间，这也是甩掉中老年人的一个选择。时尚是属于年轻人的，一旦有中老年加入，即趋于保守，不复有青春的气息。在牛仔裤上，中老年似乎倒是很乐于跟进的，石磨蓝初起时，穿者都是年轻人，现在中老年穿着也很普通了。再如何证明牛仔裤之应为年轻人量身定制的属性，往破里穿就是很厉害的一招，足以把尾随其后的中老年人甩出几条街去。

至少到目前为止，我还没见中老年人有这样的尝试。

扶老携幼看电视

我是从一部纪录片里才知道，中国第一家电视台一九五八年就开播了，比我出生还早两年，这便是央视的前身，当时叫北京电视台。我有个中学同学非常肯定地说，至迟到一九七六年，南京已经可以收到电视信号了。

他对头次在家中看电视的日期言之凿凿，实因家中那台自己组装的电视机恰在一个非常时期组装成功：毛泽东去世的那段时间，电视机正进入最后的调试阶段，全家人围着看他哥哥摆弄天线，屏幕上先是雪花点，后来有扭曲的条纹，再后来，忽然之间，画面出现了，众人一起叫：好！好！！

但很快又不好了。接下来有多次的反复，画面时有时无，电视里正播放的哀乐因此随天线角度的变化断断续续，间以他们的叫好声。当然，是为试验成功叫好，只是这是说不清的，所以他们要不断地互相提醒，小声点！以便压抑住兴奋，不致因叫好招来无妄之灾。

这时已是"文革"的尾声了，"革命"已然意兴阑珊，好多人的兴奋点转到了"小日子"上。自己打家具、自装收音机之风，持续了好一阵了。组装电视机则相当"前卫"，我家隔壁一邻居家看上电视似乎还要更早点。也是自力更生，显示器用的是监视器，据说是巴掌大的圆形。如果跟他家的孩子关系好一点儿，我与电视的邂逅应该会提前不少，不幸吵过架，故当住他家楼下的小三子提议带我上去看，并保证“没事”时，犹豫再三，我还是强忍好奇心，矜持地放弃了。

这些拥有电视机的人家都是大大超前的，电视机大面积进入我们的生活是后来的事。

“大面积”很直观，我指的是大面积看电视的人群。较早买了电视机的人家，请人到家里看电视成了一个项目，似乎他们也有邀邻居亲朋看电视的义务，所以往往挤了一屋子的人。若在夏天，受惠者就多得多。天热，屋子里待不住，电视机被搬到院子里或房前的空地上，如同小规模看露天电影，邻里熟人自带了凳子排排座，左近不大认得的人，甚至还有路人，站在后面利益均沾。当然，距屏幕的距离要近得多——不抵近了看也不行，因最初进入家庭的黑白电视机，不是九吋，就是十二吋，多人围观时，坐或站后面的人，即使瞪大了眼也只能看个大概。

大尺寸的电视通常要大一点儿的单位才有，属贵重物品，多半有一箱式的电视柜，平日上着锁，钥匙有专人保管，等闲不让看。当然到了节假日柜子会打开，届时那些住在单位里的单身汉端着饭盆就前来抢占有利地形。礼数也是要讲的，遇领导或年长同事从家里赶来，少不得要让座。有什么好节目，会早早地传开，春晚更不必提，你甚至可以见到扶老携幼大老远跑来看电视的热闹场面。

我家有电视机不算晚，是在我和妹妹一再敦促下买的。

父亲单位里一位神通广大的同僚找的关系弄到的，虽也只有十二吋，却是进口货，匈牙利产，橘红色的外壳，特别处是可以用电池，应该是旅行或郊游时用的。我一直想显摆一下，苦于没机会——没事你扛个电视机跑野外去干啥？再说人家是放在私家车上，那么大个家伙，我怎么弄到野外？故只能任由它“泯然众人”了。

照说我就不该跑到外面去看电视了。但一九七八年的春晚我倒是特特跑到父亲单位里看的。他们进了一台二十一吋的彩电。大彩电，那是什么概念？！

预料人会来得很多，电视架在了礼堂里。人满为患自不待言，我印象深的是转播结束以后。满大街都是人，从单位里、从有电视的亲朋家里出来，像是南京城有无数个电影院同时在散场。时已深夜，公共汽车停了，那时还没出租车一说，人都在街上，或走或骑自行车。那年春晚好多老歌唱家复出，“文革”前家喻户晓的老歌又唱起来了。往家走的人意犹未尽，哼唱着老歌，于是大街小巷都在“红湖水，浪打浪”。仿佛有一种“家家扶得醉人归”的气氛在空气里。

粮票故事

《狂人日记》里狂人问路人："从来如此，便对么？"这是惊天一问，不是狂人，问不出来。有很多东西，因为"从来如此"，根本就没有想到问过。比如粮票，因为从记事时开始，就是有的，很长一段时间里我都以为，从古到今，不论中外，都有粮票一说，不知道那是物质匮乏的产物。有道是习惯成自然，等到粮票废弃不用了，还觉得哪儿有点不对。

上大学以前，但凡与粮食沾边的，都要粮票，光有钞票，恐怕就得饿死。那时有粮站，专司粮食供应，从那里面出来的，当然得要粮票，过年时才供应的赤豆、绿豆也要。没粮票下馆子是不成的，又有一些加工过又非即食的食物，像饼干、蛋糕之类，在副食品商店里卖的，没粮票也不行。到现在还记得，称一斤蜜三刀，收四两粮票。既是一斤，为何收四两呢？想来做得一斤，用面粉四两，这是我猜的。

粮票还有高下之分，全国粮票可以走遍中国，地方粮票则只在某个地区管用，江苏粮票到了上海就无效。各个地方粮票的单位还不一样，比如江苏粮票，最小的单位是一两，上海则还有五钱、二两五的粮票。我头一次去上海有这发现，回来还曾举为上海人小气的证据。由全国、地方之分，衍生出一系列的比喻，比如全民所有制单位、集体所有制就分别被比为全国粮票和地方粮票。按粮油证领来的似乎都是地方粮票，我父亲算部队的人，部队里发的则是全国粮票。

不过小时候没什么机会去外地，尤其是出省，也就不知其优越性。亲身体会到二者的高下，已是七十年代末八十年代初。与“地方”“全国”无关的，是不同身份的人，粮食各有定量。学生较工人要低，每个月二十八斤，班上有位从工厂考来的，原先的定量近四十斤，此时肚皮并未因体力劳动转为脑力劳动而见收缩，遂大闹饥荒。另一方面，只要同一身份，粮食定量又是不论性别都一样的（这应该算是男女“同工同酬”政策的延伸吧），于是政策上的平等造出实际上的不平等：那男生是不够，一般女生则粮票决计用不掉。这方面并无什么宏观调控之举，只能是私下互通有无，那男生便以目测饭量特小的女生为对象，实行赎买政策，被选中的女生有意外之喜，因额外来了零花钱，既是额外，也就把定价权交给那男生，给多给少，听便。只可惜“好景”不长，其他女生闻说此事，纷纷主动向那男生提供粮票，她“创收”的所得，因之锐减。

事实上，这时候粮油管制已渐渐开始松动，有些地方，买吃的没有粮票也可以通融，通常是多出两分钱，就可免一两粮票，好多人粮票都有富余了。就有农民拿农产品进城换粮票。没城镇户口的人没粮票，这我知道，农民换粮票做何用，我却不知道。只知道最常见的是拿鸡蛋换。下午、傍晚，学校宿舍区里农民弄一筐鸡蛋挨着宿舍问有无粮票换是当时校园宿舍的一景，鸡蛋有几分腥臭，有时就觉满楼道都有那味儿，与之相伴的是一种轻松欢快的气氛，自由贸易，小有讨价还价，最终的结局总是“双赢”吧。

后来可换的东西就多了，钢精锅、塑料盆、脸盆架、痰盂、毛巾等等。这就不像鸡蛋，可以背了或挑了到处跑，通常是在路边摆一地摊，规模大的品种多，摆开一大片，甚至并非路过的人也会专程跑来换东西。照这情形，粮票已是有价证券，这样的交易却不叫“买”，还称“换”。有次在离家不远处碰上这样的摊子，看到一塑料小书架，好像店里也没见到过，想买下。索价二百多斤粮票，我是路过，身上哪有这么多？便问可否用现钱买，摊主不干，一定要用粮票换，害我骑车飞奔回家去取。

“飞奔”很有必要，盖因其时还有一教师模样的中年人在和摊主讲价，而书架只有一个。待我取了粮票回来，那中年人的讲价还在继续，不过价码显然已升了，小贩仍不松口，可能就是有我这么个竞争对手的存在。小贩见我当真携了粮票回来，态度立马强硬。听起来颇像是竞拍的雏形了，其实不是，小贩一见我手上是全国粮票，立马宣布东西归我了，其实那中年人出的价还高些。我以为小贩嫌那人啰唆，庆幸自己干脆反而占了便宜，就差赞小贩是“性情中人”了。取了书架行了一段路了，我的竞争对手却从后面跟上来，说道：“你亏了！你那是全国粮票！应该多算好几十斤哩！”

照说这样的交易带有非法的色彩，但好像也没禁止过，都是过了明路的。记得有一阵，疯传粮票要取消了，搁在手上，过期作废，不换白不换，粮票换东西的小摊子似乎越发轰轰烈烈起来，街头巷尾，随处可见。是否粮票比以前不值钱，没印象了，我纳闷的是，马上就要变废纸，小贩们把粮票拿回去还有何用？过一段时间，没什么动静，我们家的老娱姆很肯定地辟谣说，没粮票还得了？那不跟建国前一样了？——这可能是我第一次知道，还有过不用粮票的时候。

但是老娱姆的经验主义这次没管用，忽一日，悄无声息地，粮票当真取消了。天地并未为之色变，仿佛自然而然。可能是有了很长的铺垫吧，记得此前的一段时间，一些私人开的小饭馆已开始拒收粮票，只认钞票了。而过去每家每户视同命根的粮证早就失去了重要性，小时时常被大人差遣去粮站买米兼领一月的粮油票，渐渐地好像根本没这回事了，买米居然可以不去粮站！我有段时间不大适应，倒不是对粮票、粮站有感情，是用粮票用惯了，在外面吃饭，不用粮票，就觉心里没数——我怎么知道我吃了几两？甭管饱还是不饱，就是不踏实。潜意识也大概还认定，粮票买来的，才是粮食。

搬家

搬家公司好像是九十年代以后才有的。有了搬家公司之后，至少家中物件从甲地移到乙地的过程，不再是件让人头疼的事。一九九六年我搬过一次家，头一次找到搬家公司，白天市区有些路段不让开大卡车，说好了六点钟车到旧家开始搬，一拨精壮小伙，楼上楼下地跑，大冰箱往身上一扛蹭蹭蹭一溜烟。偌大的立柜，居然一人也能背负而上，令我知道了搬家也有专业与业余之分。这边搬出来到那边搬进去，用时不到三小时，虽然面对新家里尚未就位的一大堆书，知道“革命尚未成功，同志仍须努力”，对搬家之速，还是觉得不可思议。

这当然是以过去的搬家为参照的。我说的是七八十年代的搬家，在那之前的五六十年代，搬家倒也省事，因为大多数人家根本就没几件家具，其他物品也极少，尤其是“公家人”。我父亲原在部队，部队较地方更有供给制的遗风，家里从桌椅橱柜到睡觉的床，全是公家的，上面有白漆的标记，到现在我还记得家具的某个部位有一白色的圈，里面有个“军”字。

公家没想到的，似乎是洗澡，所以我家较大宗的私人物件里，有一只很大的木头澡盆。六岁时搬家，除了那只大澡盆，印象中就只有几只箱子。配给的家具照例都在原处，到新家自有那边原住家用的那些，若不够用，又好意思开口，就找组织上要。

地方不比部队，“私有化”程度要高些，但一则穷，一则那样火热的“革命”氛围，有一种不由分说的要求顾大家不顾小家的要求，于是生活普遍因陋就简地艰苦朴素起来。搬个家，若是新居不太远，甚至弄辆三轮车也能搞定。

要到七十年代中后期，“文革”高潮过去，革命的魔咒开始失效，幻灭的幻灭了，才有一种过小日子的冲动在潜滋暗长，其标志之一，就是有一股做家具的风弥漫开来。不是买，大多是自己做，什么宫灯桌、五斗柜、大立柜，什么捷克式、老虎腿，一时颇为热闹。我的导师那时也在干木匠活儿。当然通常是请木匠到家里，这里面故事多多，暂且不表。后来结婚要二十八条腿、三十二条腿之类的说法，都是从这一阵风而来。它的后果之一是，搬家一下变得困难了——想想看，一下多了这许多狼抗之物。

搬家之兴师动众，过来人都有体会。既然并无这项服务提供，没地方找人，就只好找朋友熟人帮忙。家中人自然也全体动员，届时要分别扮演指挥员、接待员、督察员、火头军等多种角色，忙着端茶倒水，做菜做饭，指点家具摆放位置等一应事项。没准儿还要客串卫生员，因来者大多业余，大物件搬动之间，压着脚、蹭破皮之事难免，于是乎心下歉然，手忙脚乱翻箱倒柜甚或到邻家去寻碘酒、紫药水。

所谓“业余”，最见于搬大物件之时。若搬到较高的楼层，一个冰箱，已经大费周章，再有个大立柜，往往狼狈之极。

大立柜似乎是家具中的重中之重，有两门、三开门之分，不能拆分是一样的，搬动时至少要两三人的合作，遇力气不够的，往往是四个人一人守着一只脚，没处着力，只能兜底来，弯腰低头，一点点地挪动。

力气有大小，使劲有巧拙，上楼时前面的人还要倒退着走，一时向这边倒，一时又向那边倾侧，歪歪倒倒地前行，指挥的生恐有失，不住地提醒："慢点！""小心！"

其实快也快不了。平日都没干过这活儿，姿势又别扭，走不多远有人喊便吃不消，于是就歇下，擦汗、喝水、抽烟、聊天，倒也好整以暇。有次我被一哥儿们喊去搬家，他家在五楼，一个大柜子，我们搬了一个多小时才弄上去。

当然比起这种蚂蚁搬家似的移动，气魄大的法子也是有的。彼时大家房子都小，家中杂物常去挤占楼道，搬个家还要去挪人家的煤灶类，太是麻烦，有人就想个招，用绳索直接将大物件从下面吊上来。这法子上面要有好几人拉拽，下面要有人绑定，看上去虽颇"壮观"，却也有几分惊险，偌大的橱柜吊在半空，要令其平衡，还不能擦碰到墙，也并非轻而易举。

如此这般，搬一趟家真是大动干戈。物品的完整性却又是没保障的，某次参与搬家，是一熟人新婚，结果五斗柜上立着的镜子撞在门框上，立马掉地粉碎，因是熟人，却又发作不得，强作笑脸连说"没关系，没关系"。

但我知道，他暗地里必是把我们给骂惨了。

从“振兴中华”到“双方加油！”

现今的中国男排已沦落到亚洲也出不去了，对此八〇后、九〇后或者没什么反应，因为他们见识过的国家队一直是烂泥扶不上墙的样子，而且男排也早已淡出国人的视线了。我那辈人不同，记忆中的那茬男排队员，个个雄姿英发，站出来都是男神。

一切的一切，都源于八一年男排打败韩国队的那场球。

在香港赛的，当然是看的电视直播，许多人可能还是听广播里的直播，因电视尚不普及。我在留学生宿舍里“陪住”，沾老外的光，看的是彼时还很称其稀罕的“大彩电”。放彩电的那个房间挤满了人，一水儿的“陪住”。

那个晚上，楼里的留学生大大地受惊，因为电视室里不断爆发的欢呼就差没把屋顶掀掉，那些平日斯文拘谨的中国同学像是疯了，转播结束之后，还不肯“善罢甘休”，又冲出去庆祝，这时整个校园已是沸反盈天，有点着了扫帚的，有敲击饭盆脸盆的，还有拿热水瓶从楼上往下扔的，所有可能的物件都成了响器。再后来就跑到街上去了，游行，喊口号。

不记得喊了什么，但就在同一天晚上，北京大学学生上街游行时喊出的“团结起来，振兴中华”的口号被记录在案，很快就传开来，成为“时代的强音”。没过多久，乒乓球队包揽世乒赛七项冠军，南京大学学生再次倾巢而出，这次喊的，就是“团结起来，振兴中华”了。

一场并非世界级的比赛，就此成为一代人的共同记忆。后来知道，那场球原不该一波三折的：中国队的实力已明显在韩国队之上，韩国队一号主攻手又缺阵，难怪中国队全队上下都有几分轻敌。结果是先挨了对方几记闷棍，这才有后来的死里逃生，反败为胜。先抑后扬，反倒成就了一出大戏，试想若是顺风顺水拿下，哪来这样的惊悚效果？女排拿世界冠军好像也没闹出这么大动静啊。

一场球嗨成这样，今天想来有点不可思议，多半是因为那本来就是在一种期待嗨起来的状态——上世纪八十年代那种情绪高涨的氛围，真有点恍若隔世了。用今天的话说，满满的正能量啊。

且说因那场球，当然还有女排更耀眼的辉煌，排球一下热起来，号称国球的乒乓都给比下去了。校园里打排球的人忽然多起来，我们下了课就去占场地，经常打到天黑。那段时间也是我到现场看球的高潮，当然，是排球，国内的联赛。

照今天的情形，你很难想象这种级别的比赛会有那么多的观众。江苏队要看，主队嘛，不消说的。上海队得看，看国家队的主二传沈富麟，四川队得看，看胡进啊……福建队更得看，那是头号球星“飞人”汪嘉伟的队啊。看了男排看女排，连轴转，一个星期我至少看了四场。好多人就是来追星的，早早入场，从练球开始看起，汪嘉伟们扣一个球，便有人喝起彩来。汪嘉伟扣完球扛着肩膀掠一下、甩一下头发的习惯性动作也受到追捧——帅啊。

球场是释放能量的最佳场所，场上球员卖力，场下观众也不闲着。过剩的能量也会以狂欢的方式释放出来。彼时南京球场有特别的一景，这是场上因有汗水暂停的时候，工作人员拿着拖把进场内擦地，观众看球正嗨，不欲高潮被打断，就有人喊着提示而兼催促："拖把——拖把！"有人就跟着喊。也不知从何时起，成了惯例，每每球员刚一示意，裁判还未发话让工作人员进场，观众席上便已"拖把！拖把！"嚷成一片，不用指挥，会演变成全场有节奏的高呼。场上的球员皆身材高大，相形之下工作人员显得矮了一截，偏还穿一身宽大的工作服，颠颠地跑进来，有几分滑稽，众目睽睽之下，难免慌乱，观众又是一通哄笑。

也不知是不是这自发找乐子的一幕被看成了负能量，还是球场上又有什么出格的举动，反正后来开始宣传文明观赛了，而且曾经有过自上而下的努力，要求观众均等地给参赛各方鼓劲，于是我们有幸在赛场看到了许多"文明啦啦队"，大多是有组织而来，冠戴齐整，手挥小旗整齐而空洞地高喊："加油加油，双方加油！"

友谊第一，比赛第二

屈指算来，我已经有十多年没到球场去看球了。看电视或网上的现场直播，似乎是现在看球的唯一方式，好像也安于这种方式。部分的原因，是电视直播把你的胃口吊得很高，因在那里能看到所有顶级的比赛，比起来，即使北京、上海能看到的球赛也不过尔尔，南京就更不用说。

前电视的时代，看球只能到现场，要不就是逢重大比赛，听中央人民广播电台的实况转播。我上中小学时赶上“文革”，事实上听也没的听了，因为“体育战线”的人也在忙着革命，基本上没球赛一说，国际比赛就更不必提：还有往来的国家就没多少，那些称为同志或兄弟的友好国家，竞技水平又大多堪忧，你待如何？而且竞技体育就是冲着锦标去的，怎么着也难脱“锦标主义”的嫌疑，“锦标主义”又和“修正主义”“白专道路”“单纯军事观点”等一大堆大大小小的恶名联在一起。

似乎是到了“友谊第一，比赛第二”的口号出来之后，正式的体育比赛才有了合法性。——就是说，首先是交情，其次才是论输赢。名不正则言不顺，那以后球赛就都被称作“友谊赛”了。都说比赛是游戏化的战争，上了场得进入“仇人相见，分外眼红”的氛围，你好我好大家好的，比赛哪来那份紧张？再者，我们当观众的，究竟是去看比赛，还是看友谊？我想大致的情况是，上面视比赛为友谊（“友谊”当然属讲政治范畴）的载体，我辈则在友谊的庇护下看到了比赛。

就是在那情形下，南京迎来了一场难得的国际比赛。我不记得是赞比亚还是刚果的一支乒乓球队来访，要和江苏队过招。“文革”年间，体育似乎远没有文艺的那份热闹，毕竟文艺傍着甚至等于“宣传”，所以这回远没有朝鲜万寿台艺术团来宁演出那么轰动。不过国际比赛多年一遇，还是一票难求。都是单位发票，没有卖票一说，我因父亲的关系有了一张票，提前兴奋，头天晚上居然睡不着觉。第二天诸事无心，比赛是晚上七点，在当时南京最大的体育馆中山东路体育馆，我的安排是下午早早到对面的部队澡堂去洗澡，倒不是隆重到要沐浴更香以待看球，是时间不知如何打发，兴奋之情没法安顿。照以往的习惯，洗完了上来躺在榻上看书消磨一下午也无妨的，此时却是心神不定。出了浴室找家面馆以前所未有的慢速吃了一碗面，看墙上的钟时，还不到六点。

如我这般急不可耐的，显然不在少数，因我六点半进到馆内时，居然过半的座位上已经有了人。比赛开始后的兴奋更不必提，每球过后必是掌声大作。新闻简报里看到的第三十一届世乒赛比赛场面不算，我见过的最高级别的比赛，也就是区这一级的业余比赛，市队、省队的比赛就属传说了，故那场球在我看来高潮迭起，眼花缭乱。见过世面、懂球的人当然是有的，我后面就有人大发今不如昔的感慨，但似乎还是看得很投入。我怀疑很多观众看着看着就把“友谊第一”这茬给忘了，因他们给江苏队加油时已近乎呐喊。到某个时候，又听旁边有人说，让了，让了！我看不出来，只觉场上打得轻松，像多年后看到的表演赛。即使看出让球，我也会认为是理所当然的。记不清最后谁赢谁输了，反正比赛结束时全场都回到了“友谊”的调子，喇叭里有人领着喊口号：“向某国人民学习！”“向某国人民致敬！”

现在的人很难想象这样一场球会引来那么多观众，偌大体育场坐得满满当当，那么多人眼睛都盯着场地中央唯一的一张小小球台，而且那样毫不刺激的比赛，可以嗨翻全场。关于那场球，我还有一印象是馆内的明亮，因家家户户差不多都是小瓦数的灯泡，殊有“昏昏灯火”之致，体育馆则所有的灯都大放光明，耀如白昼，以至不仅场上的球员，连我们观众也像是在舞台上。

关乎电脑

祛魅

个人电脑的普及，是上世纪九十年代后半段的事，我一九九二年开始用电脑，也要算是得风气之先了。再往前推两三年，我在一作家朋友家里见到，颇感新奇。说是叫PC机，我不知那是Personal Computer的缩写，他也不知。

他向我渲染这玩意儿的好处，称写东西再不用为抄稿烦神了，要怎么改就怎么改，一遍头，打出来清清爽爽，就跟书似的。这应该很让人动心，因为没有比一字一句地抄稿更乏味又让人沮丧的事了，但我那时难得提笔，而且有次顺嘴对一学计算机的人说起，他撇撇嘴不屑道："你们哪用得着？给你们用，也就一打字机！"

我很长一段时间对电脑不敢高攀，倒不是因为理科生的奚落——单是价格就足以让一般人望而却步。我记得作家朋友买那台PC找了什么熟人，还花了八九千元钱，对月工资三四百的人，那是什么概念？即使电脑已然在悄悄向我们靠拢，也还是保持着一个"可望而不可即"的距离。

我所谓"靠拢"不是修辞上的说法，当真是经常在眼头上的了。古籍所在中文系属富户，系里尚未见电脑的影子，他们先配了一台。有一老同学在那儿上班，我没事常顺脚去聊天，故每与那电脑谋面。望来望去，对电脑反倒越发敬畏——电脑彼时受到的呵护让你很难对它有“平常心”。

那简直就是当祖宗一般供着：很多单位最先在酷热夏天享受到空调的不是员工，甚至不是头头脑脑，而是电脑。天再热，死不了人，电脑这样贵重的物品，万不能令其受损。此外还要有专人管理，等闲不让人碰。若大单位有机房之设，更是非同小可，有个朋友在研究所工作，我到他机房去参观，但见门扉紧闭，门口一堆鞋之外，还须换白大褂，你简直要以为，是到了重症监护室。

但电子产品的发展真是一日千里，到一九九二年“286”登场时，珠江路一条街上，无数的小公司在倒腾组装，价格已降到几年前PC机的一半，大有走进寻常百姓家之势。其时我正应下一出版社的一本书，想到抄稿之烦，便打算咬咬牙买台电脑。只是四千多元的售价仍让人有压力山大之感。就在我准备举债之际，一个懂行的朋友出了个高招：可以先不要硬盘，用软盘驱动，一个二十兆的硬盘价在一千四上下，去掉这家伙，再找找关系砍砍价，不到三千元钱，便可拥有一台电脑了。

于是我买回了一台不带硬盘的电脑。感谢当时绝对“极简”的文字处理软件，我还记得叫作WORD STAR，只占几十个K，启动后就见最朴素的字符、边框在黑屏上闪烁，你都不好意思称之为“界面”，但对我却是福音啊——一张五寸软盘只有360K的空间，若非WORD STAR，我就干不成活了。

我的工作步骤是这样的：先往软驱里插入 DOS 盘启动电脑，然后取出，再插入一张写有 WORD STAR 程序的软盘，点开来，便可写作。朋友说，你就甩开来写吧，1K是1024个字，一张盘够你写本书的。我算一下，这辈子几张软盘就可打发了，什么“积稿如山”之类，不必提。

就这么插进插出有半年多，终于攒够钱买了硬盘。眨眼间硬盘就升了几级，原先那位作家朋友装的是十兆的硬盘，有砖头那么大，此时四十兆的硬盘已成 286 的标配，并且缩到只有巴掌大小。四十兆是什么概念？一辈子也就在它一个小犄角旮旯里转吧？当时的感觉，就似一个一夜暴富的人，仿佛几代都可吃穿不愁了。谁会想到，曾几何时，什么内存、硬盘都是以 GB 计，软驱则根本没影了呢？

在另一方面，我在电脑上的“祛魅”却是一蹴而就的。那台不带软盘的电脑扛回家，喜滋滋开了下机，键盘都没怎么敢碰。因分明想起古籍所老同学的对电脑如对神明，他夸张地说到过他的“第一次”：没碰过，旁边又无过来人，但好奇心按捺不住，抖呵呵伸出一手指头戳了下键盘，一触之下便烫着了似的缩回来，不知会造成什么样的结果。虽是过去时的笑谈，但我骤然独对电脑，哪敢造次？

第二天一早就打电话向人询问注意事项，不想那理科生道，那键盘只要你不拿水浇它，随便按吧，就凭你们文科生，想弄坏电脑也没那本事！

话不中听，但话糙理不糙啊，关键是，在助我“放下包袱”这点上，极其有效。故我后来碰到问题，最喜向他讨教。他的答复总是要言不烦，有相同的内核，并且是醍醐灌顶式。归结起来，就是以不变应万变，针对电脑的发难放大招，当头棒喝。

我后来抽象为“四字真言”——“关机！重启！”

五笔字型

据说，根据你使用何种汉字输入法，可以大致判定你在何时用上了电脑。

这话我不大相信：现在绝大多数人都是用拼音，几乎是不学而能的，最早用电脑的人多半也是如此，如何去判定？不过，用“五笔字型”来测度，倒可以大差不差，因为现而今用这个的人已是日渐其少了。我好几次用公共场合的电脑，都因找不到这输入法抓耳挠腮，足见它在今日的边缘化。

——真是三十年河东，三十年河西，想当年，电脑浪潮初起之时，话题之一便是，你用什么输入法？若你用的是五笔字型，回答时大可顾盼自雄，因听者闻言多半肃然起敬。这“敬”里包含两层意思，一，你走在了前面，因五笔字型具有公认的先进性；二，这输入法难啊，而你小子居然会！

我选择五笔字型，一半是汉语拼音不大灵光，一半是因一哥们的撺掇。他跟我极言它的优越性，说拼音一打同音的字全跑出来，你就再忙着挑你要的字吧！五笔呢，字念不出来也无妨，所有笔画、偏旁归为五笔，顶多敲四下键，你要的字一定冒出来。我闻言大喜，这简直就是不谙拼音者的福音嘛。

显然，那哥们为五笔大唱赞歌之际，遮蔽了以下事实：

只要字库里有，你要的字固然无所逃于四下键盘敲击之间，随便你会不会拼。问题是，倘你不会写那个字，或平日写字龙飞凤舞惯了，“本尊”在头脑中面目不清，多一点儿少一点儿，那你所要的字，便当真是千呼万唤不出来。后来我的确多次为一字左敲不出右敲不出气得七窍生烟，倒也因此澄清了诸多似是而非。

但这些都是后话，我最初的心理障碍是，就算那一套口诀倒背如流，我还得在脑子里将一个个字拆了装、装了拆，打字就像手忙脚乱在搞组装，全忙这个了，怎么写文章？有很长一段时间，顾头不顾腚，屏幕上一个个字出来，脑子里却是一片空白。

这时候就见出励志的重要性。我不知凭什么认定，将我引向五笔字型的那哥们这方面比我低能，他都能掌握，这道坎儿我还能过不去？于是在全不知情的情况下，他成为我的自我激励机制的一部分。我的自信很可能只是一种幻觉，不过就像在别的事情上一样，幻觉经常充当了励志的必要条件，每觉繁难之际，想到那哥们现而今能落指如飞，也便不抛弃不放弃。也不知过了几时，有天忽发现，几行字不觉间打下来，似乎已是在想语句，不再惦着组装一个字了。自是大喜过望，好似终于炼成仙丹。

至此再有人相问，我有资格不无矜持地说，我嘛，用的是五笔字型。接下来，你很可能会面临第二个问题：你会盲打？！一小时能打多少字？在当时，这一问几乎是题中应有。

其时一个学电脑的高潮正在兴起，到处在办电脑培训班，学会电脑大有跟上时代的意味。有意思的是，在很大程度上，学电脑操作差不多等于学打字，拼音是多数人都会的，五笔输入则仿佛有一种神秘性，非专门训练不办。培训班的招贴上因此时常堂而皇之标着“五笔字型”的字样。

另一方面，输入法的优劣，似乎全在打字速度，据说这上面五笔字型具有无可比拟的优越性。不时有报道或传闻，说哪里哪里有打字比赛，夺冠者一小时能打出多少多少字，好像有每分钟打近二百个字的，比英文输入还快。速度令人瞠目，引来无数人的艳羡。我感觉，在人们心目中，那就是过去的技术标兵、生产能手。那是一个对打字投注了空前热情的时代，好像无数的人都在酝酿着当打字员的冲动。

这也可以说是与九十年代“下海”之声一浪高过一浪，“公司”这个新生事物层出不穷配套的一小景了。社会上录用人员，会打字往往成为一个条件，所谓“白领”的初始形态，有一部分就着落在这上面。宜乎电脑培训班大大地热门。不少人家中并无电脑，却做“先备鞍，后买马”之想，或者根本也没指望自己拥有电脑。我有个朋友的弟弟就是如此，问他在汽车厂车间里好好上着班，学这玩意儿干吗？回答是：“形势逼人啊！”

所谓“拳不离手，曲不离口”，五笔字型不比拼音，有专门的一套，是停下就忘的。故好多没电脑的人钻头觅缝，找地方“上机”。僧多粥少，哪里有这许多“机”？结果，那一波主攻“五笔”的电脑班学员中，有许多当时“学会”了的，后来因为久不碰电脑，忘得一干二净，等于白交学费。

我在铺天盖地的培训班大潮中自己习得，允称无师自通，不学而能，有几分得意亦不为过。只是问到盲打、速度，对我就很不利。培训班都是要练指法的，十指并用，哪个手指管哪几个键，都有讲究，高手打起来上下翻飞，如蝴蝶穿花。报上甚至拿弹钢琴做比。

最初我倒想取法乎上，按那指法来。可惜总是手忙脚乱，想着这个指那个键的，徒乱人意，没来由紧张，终于放弃。也追求过速度，曾一本正经计时测过，结果叫人汗颜，一小时不到一千字。开始时虽不按牌理出牌，总还算双手并用，后来忽然开悟：我非打字员，是写稿而非抄稿，只有脑跟不上手，没有手跟不上脑的，快了何用？于是再不以快慢为意，手指的使用也呈递减之势，终至于大体上只剩一根食指戳来戳去——原是两手各出一指的，因左手要用来抽烟，干脆废去不用了。

面对一分钟打多少字的问题，我都是含糊其辞，若道出实情，则问者或微露惊讶之意或表不屑，至于指法，则更招来讪笑。到后来我干脆反客为主以攻代守，说我是独门心法，美其名曰“一指禅”。

关系

“人的本质并不是单个人所固有的抽象物，实际上，它是一切社会关系的总和。”这话不是马克思说的，就是恩格斯说的，或者两人一起说的，当年小和尚念经一般背得滚瓜烂熟。——大可深究，也可以说是至理的。不过现在想到的是最字面的意思，即其中的“关系”二字，套卢梭的句式，人生而自由，然无往而不在关系之中。

你和他人，会在最最意想不到的情况下发生关联，有了互联网就更是如此，不定什么时候你就被“网”进去了。据说只要你上网，有个ID，网上高手就有本事把你给揪出来，随便你躲在哪个自以为安全的角落。只要愿意，他可以将“不足为外人道者”翻个底朝天。

这是强行与人发生关系，人所不欲而施之于人，我以为对己而言，也是有失尊严的事。这样的事我没干过，“面子”问题之外，也因为在网上是地道的弱势者，什么都不会，只有被别人强制的份儿。但有一度，无意中与几位不知姓甚名谁的“网友”发生了关系，到后来确乎是我采取的主动，而且无形中还有“偷窥”色彩。

事在好多年前，路由器初兴的时候：听熟人的建议，弄了个路由器，如此只要在家中，哪个房间都可无线上网。不想电脑染毒，系统重装之后，因忘了密钥，一时又搬不到救兵，上不去了。路由器仍在按部就班地工作，就被密码拦着连不上网，让人很是不爽。有时候瞎鼓捣，点一下电脑上无线上网的图标，希望误打误撞绕过去，当然没门。有一天，打开电脑的无线连接，忽发现显示图上有好几个路由器的图标，其中有一个，居然前面没有小锁的标示，这就是说，我的左近有些人与我一样，无线上网，而有人未设防，我可以接受他那边的信号。点它一下，居然就上去了，真是喜出望外，好比天上掉馅饼。

以后我就常搭顺风车，一时也不急着找人摆平自家的密码故障了。私人的路由器，不像机场一类公共场所，覆盖面不可能很广，我想被我占了便宜的人，应该就在住的这栋楼，说不定还是低头不见抬头见的。有时候就瞎琢磨：会是张家？李家？王家？当然也琢磨不出什么。照理人家被动，是在明处，我神不知鬼不觉地连上，是在暗处，但我也不知道究竟占了谁的便宜。到后来情况更复杂，因为又发现了两个不设防的，我居然有选择的余裕，照图示，谁的信号强，我就点谁的“连接”。如此这般，虽是像一出《三岔口》，在某种意义上，通过电波，我和一些人已然处在了某种关系之中。

我不知道这算是一种什么关系，世界越来越小，很多新产生出来的关系尚待命名。这样的关系极不稳定，倘还拿顺风车作比，则上不上车由我，何时下车就由不得我了。

那几位显然都有下了线就关闭路由器的好习惯（不像我，

任它一直开着），时常我正看一篇网上文章看得津津有味，那边下去了，我这边想翻页就再也打不开，那感觉就像好端端被人一脚从车上踹下去，比上不了车更叫人火冒三丈。

但大光其火毫无道理：人家和你什么关系？难道该派与你“手拉手，心连心”？所以大多数时候我心平气和，有时候还会想到我无意中窥得的“隐私”，比如那个路由器标为“HE”的人，总是午夜一点钟下线，想来是去睡觉了。若想搜集他的信息，这作息时间就是一条——虽然我不知道 HE 是谁。

崩溃

“崩溃”是我一老熟人的常用语，用以形容一种不妙的情势引发的心理震荡，比如夫人跟他吵了一架，比如得到很坏的消息，等等。不过大多数情况下，说时带有戏谑意味，唯有一种情况，“崩溃”得很当真，可从他失魂落魄的眼神中一望而知：他的电脑坏了。

就是说，他的比较严重的精神“崩溃”都是电脑的崩溃引发的。久而久之，“崩溃”在他那里似乎已成为一个关乎电脑的专门词。我不明白，他的电脑为何一再地出事，仿佛一直在崩溃边缘。照说他和我一样，属最最本分的电脑用户，除了当打字机使，就是上上网。

当然电脑的祸事往往是“闭门家中坐，祸从天上来”的那一种，绝对的“飞来横祸”，像染毒，拷个盘，上个网，收个邮件，都可能引发不虞之“毁”，端的防不胜防。其实都是有缘故的，懂的人分析起来头头是道，但他和我都是听了就头昏，也自知整不明白，就觉电脑整个不可理喻。

“崩溃”无非是写完存在电脑里的东西丢了。这在某些人看来很容易防范：多做几个备份就完了。无如不良习惯之为习惯，就像不良嗜好一样，要改也难。让他勤于备份就像叫白天高卧不起的人坚持每天早晨七点起床。这方面我特能表同情于他：不要说备份，忘记存盘也是常有的事。

是故我也隔三岔五经历一些较小规模的“崩溃”。至多也不过失去了千余字吧，却也让人恼火。最相宜的补救办法似乎应该是趁着时未过、境未迁，从速将遗失的部分再写一遍，无奈此时或是陷于无效的“悔不当初”不能自拔，或是虽在找补，却总觉无法还原，倒好似失掉的都是如珠好句，因无以对证，更认定追忆所得只是青花瓷的残片。有纠结的工夫，重写一遍也足够了，却就是一味地纠结。这时候还会迁怒于电脑，因为用纸笔就再不会惹这样的祸，对电脑的爱恨交加亦一味地进入恨的方向。虽然也知道，到头来还是会主动与电脑和解：试想有修改编辑的无数方便，现而今离了电脑，肯写一个字吗？

也就为此，电脑若当真出了要命的故障，差不多就真是桩要命的事。很不幸，那个朋友的电脑最近不干活了，开机都开不了，他苦心搜集的资料，写了一半的文稿，全在里面。起先还在遍寻电脑高手，就像患了绝症的人心存侥幸到处找名医、偏方，但是很快就被告知，电脑可以恢复，存在里面的文件没救了，因为不仅是重装系统的问题，分区表也坏了。

我朋友听到这宣判的反应，只能用“崩溃”来形容，一连几天，茶饭不思，心如死灰，原是勤快人，一个月下来，居然一字不写。——也是，倘若忘了存盘之类的错误还要纠结一阵，像他遭此大祸，当然需要更长的时间来面对“崩溃”的现实。令他“到底意难平”的是，过去用纸笔写，稿子找不到的时候也是有的，但是仍还可以存一线希望，如同微暗的火，说不定何时，在某个意想不到的角落，它又意外地出现了。电脑甚至连这点想头也不给你，没了就是没了，真让人绝望。

对我说到这次的“崩溃”时，他已经有点缓过来，这才有可能比较哲学化地与我探讨有与无的问题。他说看人家弄他那台电脑，就像站在一濒死的亲人旁边，咫尺之遥，却是不可即，分明知道那些文稿就在里面，就是没办法取出来，真是急煞人。我驳他，说哪来的“里面”“外面”？电脑“里面”有什么？你把它大卸八块，掰开揉碎了，也找不到一个字。他想想道，也是，这就叫“数字化生存”——有形变作无形，“有”和“无”，“在”和“不在”，都是另一回事了。

言毕又摇头：“真让人崩溃。”一声叹息，也算是与“崩溃”的现实和解了。

前旅游时代的行旅

散席

上世纪八十年代，皖赣线还没影子，南京到九江、武汉、重庆，得兜大圈子，比如要去武汉，坐火车就得先徐州后郑州，从京沪线拐到京广线上来。轮船是沿江而上，去长江沿线的城市，很多人宁可走水路。游黄山、九华山、庐山，不少人也会选择坐船先到池州、九江，故一到暑假，往往一票难求。

那年我要取道武汉往张家界，排了半天队，到售票窗口只剩下散席，正犹豫间，身后已经有多人在嚷，我要！我要！这是有催情效果的，我一跺脚就要下了，想：不就没位子吗？有什么？！

船票是论铺位的，所谓散席，就是没地方睡觉，或者说，你得自己在船上找地方坐、卧。受高尔基、艾芜作品的影响（还应加上一篇梁遇春礼赞流浪汉的散文），那阵子对流浪汉生活不胜向往，每放暑假独自旅行，偶或似乎也有近乎流浪汉的体验，但那两天在船上，特别是晚上找地方睡觉时，我觉得自己比任何时候都更像一个流浪汉。

是下午上的船，初时并无沦落人的感觉，甲板上转转，看看野景，图书室里翻翻书，餐厅开放时吃个饭喝杯啤酒，好像一下也就混到晚上。流浪汉意识或曰难民意识“油然而生”，是在夜幕降临之后。八九点钟，前舱那儿开始排队发放卧具，这是船上对散席乘客并非不管不顾的举措：押个证件，交点租金之后，我得到席子一领，毛巾被一条，而后背着行囊，掮着卷成筒状的席子，开始孤魂野鬼似的在甲板上晃荡，找睡觉的地儿。

并没有划定的区域，甲板上凡有空着的地方，铺下席子，即可安身。说“孤魂野鬼”其实是不确的，因为同类不少，这里面不仅有散客，还有五等舱那些从自家铺位揭了席子上来寻风凉的人。五等舱在甲板以下，船肚子里的大统舱，人多，不透气，燠热难当，差不多就等于坐闷罐子车。

于是甲板上睡满了人，让我想起南京夏夜乘凉的大场面。前甲板、后甲板这些空阔之处自然可以用“满坑满谷”来形容，两侧船舷的通道上也“连舆接席”起来——真正是“接席”，一张席子连着一张席子。起先还有乘凉的热闹，说话的说话，打牌的打牌，慢慢人声就小下去，渐渐就有人开始回到舱内。只听到起夜人的走动，还有浴室里哗哗的水声，因为不断有人进去洗澡。

没想到如此这般，在甲板上幕天席地起来，江风阵阵，格外凉爽，仰躺着看天上月朗星稀，两岸偶尔出现的灯火，一时间“星垂平野阔，月涌大江流”一类的古人诗句不招自来，几乎有“我欲乘风归去”的洒然了。暗想若不是行李走到哪里要带到哪里，何须什么铺位？

不想到了半夜，居然觉得冷了，江上原本风大，再加船在行进，助着风威。到这时我才意识到甲板上人已走得所剩无几。又扛了些时候，知道唯是迁地为良了。

里面却是人满为患，好不容易在挨着盥洗室那边的过道里觅得一“席”之地，待躺下来，却又觉闷热起来。不通风，身下的甲板在不住地震颤，船上不好闻的气味好像都聚到了这里。而且不断有人在走动，在睡觉的人之间探着脚。

翻来覆去，难以成眠，朦胧中总似有人从你身上跨过去。即至意意思思刚睡着，早起的人已起床开始漱洗，漱口的声音来得特别夸张。到这时，想象中流浪汉的那份潇洒早已荡然无存，只剩下无家可归的那份落魄感。

这以后又坐过几回江轮，却再没坐过散席。再后来，想坐船也不可得了。曾几何时，长江客轮停航，大概只剩下供观光的轮船还在开，作为交通工具的江轮，已是过去时了。

坐飞机

我头一次坐飞机是一九八六年的事。那年是我的毕业季，其时研究生还金贵，论文尚未答辩，工作已谈妥了，要去一家出版社。

出版界正当黄金岁月，新上任的头儿摩拳擦掌，希图大举，要办一份杂志。趁论文答辩前的空档，我们就被派往京师为创刊号组稿。同去的一位是名门之后，有他父辈的人脉，我们叩开了好几位文坛大佬的门，收获颇丰。那哥们报捷表功之余，就向头儿提出，回来我们可以坐飞机了吧？那边正一团高兴，极爽快地道：坐，给你们报！

我们大为振奋。盖因即在当时，按规定必须是处级以上出差才有资格坐飞机，否则不能报销，只是“开放搞活”后，规定已见松动，执行不那么严格了。八十年代以前，则购机票须有单位介绍信，那上面似乎级别也要写明——是“县团级”才有的待遇。此所以比起坐火车、汽车、轮船，坐飞机在我们心目中，相当之“高大上”。

倘以我的吹嘘为准，我上天的时间应提前十几年：在小学我就跟小伙伴有鼻子有眼地描述过我的第一次飞行。不是民航客机，是军用教练机。飞行员甚至让我摸了一下操纵杆，就像电影上“战鹰”里的情形。我好像颇花了点时间来让在场的人相信这事的真实性。因父亲在部队工作，也因为描述不乏细节，我的虚构似乎很成功，隔天就有当时不在场的人跑来问：“你坐过飞机呀？！”眼神里并无质疑，表情全是羡慕。

关于坐飞机之“高大上”，我最初得到的具体而微的信息是从飞机餐来的。有次父亲到广州开会，回程坐的是飞机，不知是因为患糖尿病要控制饮食或别的什么缘故，反正机上供应的吃食原封不动带回了家。于是我们见到了一只精致的盒子，里面一格一格装着量很少看相很好的几样荤素，几块方正的咖喱牛肉之外，还有碧绿的荷兰豆，红艳的胡萝卜，鲜明如画，美轮美奂。那是我第一次见到荷兰豆。蔬菜怎么可以这样？简直不像是烧出来的。

那还是前盒饭的时代，那只盒子——对了，里面还有一小块蛋糕，比副食品商店里油纸包着那种看上去要精致得多——大大地巩固飞机的不凡形象。我还追着父亲问过有关飞机上的其他情况，他似乎有点懒得回答。有个哥儿们父亲也坐过飞机，对小孩显然更有耐心，故他所知更详，我记得他曾一惊一乍地说：“晓得吧？飞机上是一人一个座，根本不卖站票！”我们对火车、轮船、汽车上的拥挤混乱视为当然，定死了人人有座，那是什么光景？后来作为乘飞机不同凡响的另一证据倒没有被提及——我指的是“空姐”。彼时还没有“空姐”一说，火车上的与飞机上的，都叫服务员或乘务员。

就因为对飞机的仰视，那次骤然之间，当真要坐飞机了，就莫名兴奋。我记得到了机场，两人如同刘姥姥进大观园，什么都新鲜。也忙乱，因有许多闻所未闻的手续，比如机票还要换成登机牌之类。终于换好登机牌之后，我们喘了口气，有坐稳了飞机的心定，仿佛万事俱备，只欠登天。

于是从从容容在候机大厅里溜达，直到最后。不幸的是，在最后关头，我们发现登机牌找不到了。两人互相埋怨，都咬定是在对方手里，广播里在催促登机，我们就在那催促声中惶急地走遍我们走过或可能到过的每一处。起飞时间已到，登机牌仍无踪影，我们已然绝望，以为我们的“首航”就要以一趟候机厅之游收场了，这时就听广播里开始径直点我们的名。于是赶到登机闸口，像两个不得已投案自首的犯人。

机场人员核对了我们的证件并训斥了一顿之后，在满机舱人的埋怨中，将我们领到仅空着的两个座位上。飞机晚了十几分钟起飞。在飞机开始滑行的那一刻，我们长吁一口气，知道再不会有意外，有一种死里逃生的庆幸。

这次历险成为飞机为交通工具之最上乘的又一证据。票丢了都没事，乘火车、轮船哪里能够这样？有人纠正我，说长途车不等满员也不发车的，你买了票，就会等你。但我不为所动，觉得那整个是拟于不伦。人满为患、车顶上架着横七竖八行李的脏兮兮的长途车，怎么能和飞机相提并论呢？

当然，后来，不可避免地，飞机在我心目中慢慢掉价。坐飞机越来越频繁，出远门坐飞机越来越成为一种寻常的选择，机票频繁打折，价格“沦落”到有时甚至低于火车票，相应地，其他交通工具在升格，飞机要保持冷艳高贵的形象，似乎也只有着落在漂亮而在礼仪方面训练有素的空姐身上了，虽然后来高铁上女乘务员在向空姐的标准靠拢，而安徽大概是搞形象工程，高速公路收费站皆起用美女，且绝对是比着空姐模子的微笑服务。但这都是提升服务、“取法乎上”的举措，也就越见得空姐的“高”。

此所以坐飞机虽早已平民化，在我这儿，其“高大上”形象的最后颠覆，却是在美国完成。美国的铁路不发达，若非自驾，出远门多半都是飞机。坐飞机简直就像坐长途那么寻常。如此这般，乘、驾两方面也就视若寻常，“空姐”并不是什么令人羡慕的职业，也没有那种近乎选美的千挑万选了。二〇一〇年我在美国暴走，地儿大，一个月飞了好多趟，在机上看看，哪来的“空姐”？说“空嫂”都觉“难以启齿”——一水儿中老年的肥壮大妇呀！

招待所

上世纪八十年代，“宾馆”还属“新生事物”。前宾馆的时代，出门在外者的首选，多半是招待所。

招待所与一般旅店的不同，一如食堂与饭馆。前者对内，等闲不让住，非得有“关系”。这都涉及如今已经淡化的一个概念，即是“单位”。人都被组织到“单位”里了，“有单位”则不属“社会上的”，诸事好办，包括出行。

出行的一大要件是单位开具的介绍信。有介绍信住旅店没问题，住招待所得另说：介绍信只证明了你的身份，要住招待所则你必须是同一系统相关单位的人。比如说你是教育系统的，上北京要住新华社的招待所，基本上是没门。当然，内部有熟人，又或业务上有交叉，自可通融。

首选招待所，是因为条件比一般旅店好，差的旅店有睡大通铺的，招待所再不济也保证一人有一张床。当然对彼时的条件，不可抱有不切实际的想象——即使以今日最普通的“宾馆”为参照也是不适宜的，“宾馆”二字暗示的，已然是另一种标准。

与一般旅店相比，招待所干净得多。但你不能肯定你是否要钻别人钻过的被窝：前面的客人如住得时间短，床单、枕巾、被子往往是继续留用。可以要求服务员换，肯不肯换则要视服务员个人的卫生标准而定，遇脾气不好的，说不定会冲你嚷:“人家就住了三天，哪儿脏了？！”听上去在为前面的住客辩护。

防患于未然的办法是自备，据说常出差的女性，到哪儿都带着床单、被套。挑剔的男性也是有的，我有次在一小招待所里住，同房间一人就抱怨没法睡，说被子里一股子香烟与汗酸混合的味儿。

旅店里的味道更丰富。一九八四年我和妹妹游湘西，在岳阳住的是旅店，我这边还好，她那边住进一位到城里卖鸡蛋的，一挑子沾土带屎的原生态鸡蛋搁在床边，满屋子的腥臭。招待所既然是内部性质，自不像旅舍那么“三教九流”，但你仍有机会接触到各种各样的人，因大都是多人房间，四人一间就算不错的，双人间则称得上“高级”了。

素不相识之人共居一屋，若是住的时间长，房客来来去去，不时有新的面孔。《太平广记》里有不少“逆旅”故事，招待所里亦复不少。欧美的青年旅馆，常以“DORM”（宿舍）标明客房的性质，过去的招待所，不妨视为宿舍的延伸，与其说是私密的，不如说是个准公共空间，有什么要瞒人的，得等同房间的人走空了才可进行。九十年代初一个暑假，我住成都九眼桥附近的一家招待所，像是学校教室改造的，门上还留着可望里看的玻璃窗，给人一种病房的感觉。时不时有一张脸在那里出现，望里张两眼，又走了。许是忘了自己的房间，看看对不对，或者，只是好奇，看看这间是什么样。

可见九十年代，招待所大体上还是一仍旧惯，大面积的转型恐怕要到新世纪以后了。我所谓“转型”，即是向宾馆靠拢。一是内外之别早不讲了，二是设施标准间化了。

但仍有招待所遗风，管理不善，服务差劲。内地有些，夜里关门这一项也沿袭下来。二〇一〇年参加河南大学主办的一个会，住河大宾馆。有天晚上在左近喝咖啡聊天，谈兴正浓，就有人提醒，十二点要锁门的，遂扫兴而归。

我住的房间就在大堂上面，果然半夜里就听下面有人在喊：开门啊，还有人没进来呢！

宾馆

百度上有关于“宾馆”的释义，说是“较大而设施好的旅馆就是宾馆”。但我印象里，八十年代以前，高大上的旅馆，好像都称“饭店”。上海有国际饭店、锦江饭店，北京有北京饭店，南京有中央饭店。八十年代初南京新建的第一座四星级宾馆——金陵饭店，还是称“饭店”。大名鼎鼎的京西宾馆、友谊宾馆从五六十年代起倒一直就那么叫，但那是个别的例子。谁也不会从这类“国家级”的所在联想到一个关于旅馆等级的一般概念。

宾馆评星级有硬杠杠，怎样的规模与设施就可称“宾馆”，则并无明确的规定。现如今“宾馆”早已掉价，尊卑失序，只要你愿意，你把鸡窝狗窝唤作“宾馆”也没人拦着你。几年前我去山西碛口镇，网上订的“黄河宾馆”，内地小旅馆的水准，比“如家”“锦江”一类的连锁酒店差得远，连抽水马桶都不能保证畅通，照样称“宾馆”。另一家条件好些价格贵些的倒又叫“碛口客栈”，足见“宾馆”的泛化，或者平民化。

八十年代初，宾馆则是普通人可望而不可即的所在，约定俗成，我们的模糊想象中，那些国家级、省级的招待所是领导待的地方，宾馆则是外宾的去处——也难怪，最初以“宾馆”相称者都是“涉外宾馆”。好像有些宾馆只收外币和兑换券，“内宾”想出血都住不了。

要住宾馆，真得大出血。头一拨亲炙宾馆的人中，有不少还是托了外国友人或港澳同胞海外侨胞的福。不是入住，是借访亲问友之际见识了一下宾馆长啥样。我记不得头一次去的哪家宾馆了，印象深的是去金陵饭店。金陵饭店虽以“饭店”名，在八十年代的南京，却无疑是宾馆中的战斗机，最好的宾馆，就该是那样。

缘我有个朋友所在的公司在里面包了房办公，每每打完球之后，我们就去包房里洗澡。

头一次去从大堂上去，如同刘姥姥进大观园，感觉空气都有点异样。这感觉也不是凭空而来：与过去住过的地方相比，这里近乎全封闭。窗户紧闭，中央空调开着，房间里都有一股沉滞的人造香味。地上是厚厚的地毯，隔音效果好，走廊上的脚步几乎听不到，有一种人造的安静，与招待所、旅社不绝于耳的嘈杂之声相比，反觉有点不真实。

金陵饭店到现在也还是南京最高档的宾馆之一，一般的宾馆没法比。不过那些“规模初具”的宾馆在较低的层次上也将“宾馆”的一般标准提示给我们了：空调，内置卫生间，二十四小时热水——此所以标准间为“标准”间。

还有好多一次性的用具。过去住旅馆、招待所，虽不必像古人宿于“逆旅”，铺盖卷都得背过来，一大堆洗漱用具，加上拖鞋之类，总要自备的，宾馆居然一概黜免！要说二者有何区别，我当时的感觉是，前者提示了气派、高级，后者则暗示了某种“现代”。

我当真领教宾馆已在好几年之后，因金陵饭店并非入住，不得其详。不过在有入住的幸运之前，洗个澡还不能察知的宾馆的某些“现代”信息，我已间接地有所知了。八几年的时候，父母因父亲一老部下之邀，到广东游玩了半个来月。广东的开放，远非别地可比，到处都有新建的宾馆。他们于是就住了一路的宾馆。父亲过去在省里或进京开会，高档的招待所见识不少了，对宾馆的洋派，仍是颇感新奇，包括那些一次性的用具。怎么可以用一次就不要了呢？他们还是老皇历，自己带的有，还用那个。

老部下遂让随员每离一地就把所有这类东西都给拿上。结果回来后我在他们的行李箱里发现了一大堆拖鞋、牙刷牙膏、肥皂浴液之类。除了拖鞋，都是小盒子装着。这让我对宾馆越发肃然起敬。

睡澡堂

澡堂是洗澡的地方，不消说的。但也可以睡觉。现在的洗浴中心之类，你要在那儿睡觉，没人拦着你。韩国的“汗蒸幕”很有名，不论规模大小，都可住宿，里面还有吃有喝。它这是有传统的，据说有时本地人还会特意携家带口去过上一夜。我因好奇，游釜山时特特挑了海边挺有名的一处，体验了一把。

里面过夜的人真还不少。韩国人过去是习惯睡地上的，一如日本人的睡榻榻米，“汗蒸幕”里床也省了，休息大厅里，拿个睡垫，找空地躺下就行。大庭广众睡觉，很不习惯，又总有人走动，难以成眠，然半夜三更，再到哪里去找旅馆？遂对付到天亮，起来就忙着改投他处。有点像是落荒而逃，因想现在真是吃不得苦了。此处“吃苦”很具体，就是当年的睡澡堂。

在大城市，公共浴室即使还未绝迹，也早已从我们的生活中淡出了，几十年前，家中不能洗澡，没有公共浴室，简直不可想象。大的单位都有自设的浴室，也就罢了，成千上万非大单位的人，却到哪里去洗澡？所谓公共浴室，便是对公众开放，不是单位职工的福利，花钱买澡票，谁都洗得。

浴室也有淡季、旺季，冬天绝对是旺季，入夏则进入淡季，因这时天热，关起门在家就可洗澡，守着自来水龙头冲凉的也大有人在。小些的浴室，像基本上针对左近居民的那些，干脆就歇了，大的浴室却还照常营业。与冬天，尤其是过年前大排长龙的盛况相比，已是大见冷落了。但有些晚上却又有一番热闹——也算是“多种经营”吧，一些大浴室因地制宜，成了临时住宿的地方。

非得是大的澡堂子，小浴室像游泳池一样，只给个小贮物箱存放衣物，或者衣物就堆在长凳上，浴罢擦干套上衣服就走人，根本没有坐卧之地。大的浴室则舒适得多，上来后有卧榻可供歇息。那榻像沙发式的躺椅，一半是斜面，一半是平面——书上常见“榻”字，是在浴室里我才忽然认定，它就该长这样。有这设施，又当夏日，再给条现成的浴巾，留宿的人也就打发了。

一九八一年夏天，浙江、福建转了一大圈，终于坐上火车回南京，道经无锡，忽想下来转转。下火车之后才发现身上只余散碎银两，差不多要三餐不继了，哪有余钱再住一宿？这时在一浴室门口的大牌子上看到“住宿”字样，简直如降福音。印象中住一夜不会超过四角钱。但一时半会儿不能入住，得等到晚上九点，店家的主业结束之后。

到鼋头渚逛一大圈，挨延到八点半，回到那浴室，真如倦鸟投林。浴客却还没清场，幸而店家通融，放我进去。洗个澡躺下来，何快如之？！居然还有吊扇，这可是那年头多数旅店、小招待所还没有的设备，我简直要决计日后夏日出游就睡澡堂了。直到要入睡了，才发现澡堂为何只能是权宜之计。其一，那榻如躺椅，仰躺尚可，侧卧感觉老往下滑。其二，卧榻两两挨着，只留一面当过道，不似上下铺，睡下来直似与旁边那位同床共枕。

一间房内，总有好几十人，不知为何有那么多人打鼾，整个是听取鼾声一片啊。旁边的那位尤其鼾声嘹亮，令我生动地想到“卧榻之旁岂容他人安睡”的老话儿。但也许是累狠了，我居然就“安”了，一夜无梦。

在外过年

不知从何时起，关于过年，有了个新词，叫“躲年”。据说年关将至，一些没有找到男（女）朋友的，怕过年无脸见父母；没有赚到钱的或者欠着钱的，就怕过年来催债；再就是忙了一年，不想得几天假尽用来忙吃忙喝，或是拜年不得消停，要躲个清静。所谓“躲年”，便是躲到家以外的地方去——过年原是该守在家里团圆的，反倒要离家出走了。

我不属于上述三种人，没什么要一走了之的，不过如果能如愿的话，我应该不乏有在外过年的冲动，因为觉得过年很无聊。事实上几十年前就曾付诸实践，相当之超前。我说“超前”，盖因躲年得有条件：一是得有地方可去，二是得有饭吃。问题是，几十年前不比今日，外出过年已成很多人的选择。虽然都说“红红火火过大年”，红火却限于家里，家以外的地方，一片萧条。就市面而言，就一个字——“歇”。除夕那一天，从中午开始，“歇”的氛围开始弥漫，商店、菜场、粮站、饭馆，服务员皆无心恋战，就等着四五点钟，正式进入停摆的状态。从这时到初五，你在街上走走，眼光所及，那些店铺这家铁将军把门，那家贴着封条。一派清灰冷灶之相。

此时离家出走，找个地方住不难，想有饭吃，不易。一九八七年，全家人回苏北老家过年，我初二找了个托辞先回，目的是到扬州一游。住宿倒是比什么时候都方便，一脚到市委招待所就住下。吃事大难，游山逛水变成了饥肠辘辘满世界找食吃。起先想得美，要留肚子到富春茶社装包子，到那儿发现门上一把锁，从门缝里看进去，凳子都架在桌子上。

我不记得那几顿饭是怎么对付的，只记得第二天要回了，因头天太将就，发愿要找个像样的地方吃一顿，结果从文昌阁往长途车站一路行去，愣是找不到一家开门的饭馆。也不想想，富春茶社这样的名店都歇了，你待如何？幸而长途车站还有几家饭铺冒着热气（偌大扬州，大概也唯有这地方有饭吃），总算没饿着肚子回南京。

我的另一次过年饿饭的经历是一九九二年在黄山上。倒不是起意躲年，原打算看看黄山冬景，年前赶回的，不想在歙县乡下兴之所至转悠了好几日，要过除夕了，居然还没上山，总不能山还没上，就打道回府吧？于是过年时便滞留山中。之前我们已开始领略乡下的“急景凋年”——当然，是对我们这样的旅人的“凋年”。乡下过年歇得更早，像棠樾牌坊那儿唯一的一家小饭馆，早在一星期前就关门了。我们从呈坎经唐模一路走过来，饿得够呛，满以为这景点名气大，总有口饭吃，谁知问了半天没头绪。最后我们是在老乡家蹭的饭，肥肉青菜炒年糕，热乎乎一大碗，问多少钱，说是做了自己吃的，不要钱。好说歹说，老乡才忸怩着收了两元钱。

没想到这是以后几天我们吃上的最后一顿热乎饭。当天上山，爬了半天，到了北海，平日人满为患的地方，那几排两人一间的简易房，富余到只有我们两位游客。然而不管饭，除了开票掌钥匙的，全回家过年了。这可证明那时在外过年还是异数，我们也就不得不吃超前的苦头。一两百米外的北海宾馆倒很热闹，海外同胞在躲年上已着先鞭。那里自是有吃有喝，可就是撇开涉外不涉外不论，那价格于我们也是天价。

也不至于就断粮，方便面、罐头之类，背上来的，过去上黄山，防着山上价昂，照例是如此。但拜托，这是过年啊！

于是乎，在简易房里泡着面，饥寒交迫之中，对过年常说的所谓“年饱”，不胜向往之至。

呈坎

有朋友自驾游皖南，回来兴奋地向我展示一路拍的照片。许多地方都是我旧游之地，面貌大改而又似曾相识。

去过，应该“相识”，说“似曾”，是因为已非旧貌。江南的许多古镇、村落在旅游大潮之下皆已旧貌变新颜，一番改造出新之后，褪尽破败萧条之相，宛然一个新人。像乌镇，一九八四年去过，几十年后再到，已难相认，怀疑过去是否履足。原是泯然于周边环境的，这下轮廓就突显出来，好比被镶到了镜框里，又似进了博物馆的物件，有灯光打在上面。如此这般，骤然再相见，不免有怔忡之感。呈坎亦是如此，较快就能相认，也许是当年逛的时间较长、又住了一夜的缘故。

若说呈坎如今花枝招展，那年我去的时候，它还是养在深闺的睡美人。

去呈坎，完全是一个意外。一九九二年冬天的事，本是奔黄山雪景，中途起意，在歙县下车去看渔梁坝，又听说有个呈坎的村子，极有意思。便被勾引去了。

从歙县到呈坎要经过潜口，就一条公路，呈坎是公路的尽头，顺路是顺不到的，要去就得专程去。真正是“深闺”。此前根本没听说过，原也只打算随便走走，不想到了地方还没下车司机就问：今天还走不走？原来这儿每天就一班车，过半小时这车要开回县城，后面再没车了。半小时？那真是“到此一游”了，或者说，等于过其门而未入。

有条溪水从村前流过，虽在下小雨，还是有人在水边的大石上捶衣洗濯。后面的村子阴雨天愈见斑驳，古意盎然。问这里可住宿吗？司机指指不远处一两层的房子，说可以。确认了我们要住下，他又大声嚷嚷问有没有人进城，而后也不待半小时了，将车掉了头就往回开了。

住宿的地方很破旧，应是六七十年代的房子，极简陋，与徽派民居的讲究恰成对比。二楼住人，走廊一通到底，也是阳台，砌死了，如一道矮墙。房间里是板床，床单下是厚厚的草垫子。刚才让我们住下的那个中年妇女拿着个本子追上来，让登记。小学生的练习簿，好奇，前后翻了翻，拢共没多少人，大都写着某村某大队，可知是本地人，有一人肯定是外来，东南大学建筑系的，来过不止一趟，肯定是考察徽派建筑来了。

登记好了，又问晚饭是不是在这里吃——得说好，因没别的客，村里也没别的地方供饭，若自己带着吃的她就不开伙了。那还有什么说的？好像也没菜单，记不得是点菜还是按人头算，反正是到时吃完了再说。

“后路”安排既毕，就去逛。回过苏北乡下老家，中学学过农，但我还是第一次知道，农村可以是这样。那些大大小小的宅院，虽是老旧且显得破败，却可想见昔日的盛景。若不是建筑样式，小桥流水、深巷石板路的，就让我联想到几年前去过的绍兴，可绍兴是大去处，这里不过是个村落。而且如此完整，极少见到新房，村子边缘我们住宿的房子搁进来的话就有几分碍目，显得丑陋。

因是半道里折过来，根本没做什么功课，不知呈坎的来历，只模糊地知道皖南往昔殷实富有，徽商、归田的官员在此置地建宅，过起耕读的乡绅生活，推想呈坎也是差不多的情况。但之前没见识过——彼时宏村、西递也还默默无闻，苏南的同里、周庄也都少有人知，何况呈坎？故一路走一路看，桥边凉亭、水边美人靠，转弯抹角处拱门、更楼次第入眼，不免一惊一乍。门头上的砖雕、木刻之类，虽无人打理，朽坏残破，乱头粗服间难掩岁月沧桑，不及细看，也仍是啧啧称奇。

不比如今有旅游指南，巨细无遗，一一搜罗指点，我们稀里糊涂到呈坎，并无具体的目标，只有这里的一处宗祠宝纶堂，是在歙县听人介绍过，是重点文物。照村里人指点寻过去，却是门扉紧闭，一把大锁锁着。因处处可看，倒也没觉得有多扫兴，回过头来沿着河街瞎转悠。人家大多敞着门，遇有好奇处，探头探脑看看，乡人木讷，不拦着，也不吱声，只愣愣看着。若你主动问，可不可入内看看，便又邀进去，让在天井、堂屋里坐。

几十年后游宏村、西递，家家户户都在搞旅游，大点的宅子都成了景点，游人络绎不绝，进进出出，主人都兼着讲解员、售货员，忙着招徕顾客，推销各种玩意儿。彼时呈坎的居民一点不知他们有朝一日将因旅游而获拯救，我记得更多是闲聊时的抱怨。有能耐的早出去闯荡了，因各种原因守着老屋的，没钱盖新房，也没想着翻修，只好看着宅子破旧下去。

这家看看，那家转转，我们弄成了走家串户的节奏。有一处宅子，从门外看到敞厅里老少几人在嗑瓜子聊天，正犹豫要不要进去，座中一小姑娘瞅个正着，忽然站起来问道："你们就是从南京来的吧？"原来闲逛的当儿，有两个南京人要看宝纶堂的事已在村子里传遍了，那钥匙就在小姑娘手里，她听说后反过来找我们找不着，不想在这里撞上了。

旅游还没成气候的年代，后来成为景点的许多地方并无专人管理。因想起多年前和一哥儿们骑车去南唐二陵，也是铁将军把着，无从进入，最后是找到大队支书开了锁放我们进去，什么门票之类，就更无从说起了。但我不明白，贵为国家重点文物的宝纶堂，怎么会随随便便让一小姑娘管着。跟在她后面走，就听她解释。原来宝纶堂并非什么开放的景点，现在村里的小学设在此，她母亲是学校的教师，就住里面，这一阵外出，她在别处念高中呢，寒假回来，一个人在这儿看着，好比值班。

进得祠堂，天已黑下来，徽派深宅大院高墙四合，犹显得暗影深浓，里面只有几只瓦数很低的灯泡，打开只昏黄地照见一隅。也看不出什么了，只记得经了改造，一圈教室，好比违章建筑，祠堂旧有原貌则面目不清了。问小姑娘，也问不出所以然来。小姑娘人极热情，也很愿意说话，只是兴奋点在去年暑假去过一趟上海，再就是问我们关于南京的种种。她觉得待在村里无聊透了，发愿一定要离开，哪怕是去县城。

坐了一阵要告辞，小姑娘坚留我们吃饭，且不待我们答应，就开始忙起来。怎么好让个小姑娘管我们饭呢？而且说好了要回去吃的。她坚称不妨事，到时她去说。推托间，她人已在伙房里喊，已经生上火了。我们过去，果见她在往灶里添柴草，角落里红红的火光，再要走就扫她的兴了。

是下的面。刚开吃，就听外面砰砰的敲门声，有个女人在嚷，听不大清，好像是关于吃饭的，要等到什么时候之类。定是那中年妇女等不到人，找上门来了。我们大觉尴尬，连忙要起身跟她回去，小姑娘拦着不让，自己也不去开门，只坐那儿高声应答，说的是方言，语速极快，蹦豆似的，听不懂说些什么。就这么来言去语，隔空喊话，过一阵门外声音渐小，像是一边数落一边走了。这边小姑娘不当回事，兀自咯咯地笑，倒似把人气着了让她很开心。

她不当回事，我们回去时却是不无忐忑。过去的招待所有好些房间钥匙都是在服务员手里的，这里当然更是如此。回到住处，去找那人开门，赔不是之外，表示饭钱照付就是。中年妇女犹自心意难平，愤愤地说，你们又没吃，怎么收你们钱？！领着我们往楼上走，她还在说气话，矛头所向，却是那小姑娘。到临了我也不知道，她是饭菜已做好了在等我们，还是等人回来才开始做。

又下起雨来，不大，好像整个世界只剩下淅淅沥沥的雨声，特别安静。看看手表，才八点半，早得很，却也无处可去。开门走到走廊兼阳台上四处张望，夜好像把整个世界一网打尽了，什么也看不见。奇的是，这时候村子里已然黑灯瞎火，使劲细看，也没见着一家亮着灯。那么早就睡了，电视也不看？而且全村人都如此？我有点怀疑是不是停电，随即就否了，因房间里灯分明亮着。看来这里真还是“日出而作，日落而息”的节奏。

那么，入乡随俗，也早早睡吧。却是睡不着。过一阵听到由远而近传来不紧不慢敲梆子的声音。怎么回事呢？遂又穿衣下床到外面看，却见一片黑暗里有一道手电筒的光在移动，偶或投出一个穿蓑衣的人影。绕着村子走，梆子声在稀疏的雨声中一下一下，传得很远，像雨声一样，一点儿没打破笼罩一切的安静，反将那安静衬得越发地静。我忽然明白这是在打更。没想到这年头这地方还有打更这回事，忽又想到，事实上长这么大，除了在电影里，我从来就没见过打更的。

回到床上复又躺下后，我还在想，不知是不是像古时一样，每更都出来报时。应该家家都有钟表了，还要打更，却是为何呢？又想，且看下一次打更是几点吧？不想没等到二更就睡过去了，而且睡得结结实实。也不知是不是打更的梆子声让我感到了现世的安稳。

夜宿黄狮寨

上世纪八十年代，大体上仍应划归前旅游的时代。不是没有旅游这回事，是说旅游还没产业化，没有旅行社来安排你的行程，也没有旅行指南之类来暗示你该去哪儿去哪儿。信息皆来自口耳相传，一切的一切，都得自己打点。从住到吃到行，常常是“未可知”，种种的不便是自然的，好处也恰在这“未可知”上，因常能看到别样的风景，领略别样的经验。

那也是我游兴大发的年代，逮着机会就出游，暑假更是年年不落。一九八四年夏天，去的是湘西。这要归因于沈从文的诱惑，他将那地方描画得宛如世外桃花源。我是带着他的《湘行散记》上路的，一如那年四月借访学之机，带着郁达夫的游记游富春江。相去未远，记忆犹新，不由得便拿富春江和沅江、酉水比较一番，就觉湘西山水不似浙中的妩媚，更有一份野性，正像二人是两副笔墨。

前旅游时代，湘西游人无多，即使是现在人满为患的凤凰，游人也极少，以至单凭拿个相机，便知你是外来者。张家界例外，那里已经在搞开发，“国家森林公园”的封号刚出现，相当珍稀，张家界似乎首批就加冕了。沈从文的湘西则无张家界一席之地——他写的是作为一种生活方式的湘西，而自然的风景名胜，往往恰是在不宜人居之地，像张家界，乃是登临游玩之所，而非生活的地方。

虽然沈从文不提，张家界当然还是我此行的目标之一。幸亏有这一处，不然我就很难要言不烦说明我的出游——以当时的标准，湘西不能算一处名胜，有了张家界，就仿佛师出有名，报出名来，大体上就无须费辞了。

张家界地界颇大，游人大都在山下安营扎寨。我是和我妹妹同去的，下午到达，依她之见，先住下，附近转转，第二天上山。我则听说景区高处有黄狮寨、腰子寨，如同黄山的玉屏楼、北海，天气好可看日出，遂一心想住到山顶上去。最后她依了我，马不停蹄，往上去了。不比后来的有缆车之类，偌大景区，只能靠两条腿。四点多钟，爬到天书宝匣，一路上几乎不见游人，只零星遇到几人在往下走。问黄狮寨还有多远，有说远，有说不算远，不得要领。最糟糕的是，有人说上面没住的地方，妹妹累得走不动，就差哭了，听了此话，马上有许多露宿荒山的恐怖想象，坚决要回头。我是听说可住宿的，连忙给她打气，坚称得来的信息不会错。

好说歹说，总算让她随我继续往上爬了。事实上我虽信誓旦旦对她打包票，心里却不免打鼓，疑惑上面是否有招待所，甚至，是否有人家。没有的话，计将安出？

傍晚时分，终于到了黄狮寨，几间进入视线的平房让我松了一口气。告诉我们没地方住宿的人也不能算错：这里原是一处林场，接待我们的都是林场的人，平日在此住宿的人寥寥无几，当然，若有游客，他们也可管吃住。点了两个菜，边吃边和林场人聊天，我们觉得很安稳了。

饭罢便有人拎了一串钥匙领了我们去入住，发给一盘蚊香，一支蜡烛。我有点疑惑，山上也有蚊子吗？至于蜡烛，那是备着停电时用的，林场有台发电机，但八点多就停电了。果然，过了一阵，整个山头就陷入了一片黑暗。不知住的房间原来做何用，空空荡荡，沿墙放了一圈床，中间有好多西南一带常见的竹椅，再无别物。竹椅不平，找了块砖头垫平了点上蜡烛，一会儿就让从门缝里进来的风吹灭，屋里越发漆黑一团，因是没有窗户的，一面都是上着的门板。开了门就是山景，真正的“开门见山”。却也不敢开，夜黑风高，你觉得不定什么时候就能冒出一匹狼来。

蜡烛也不再点了，反正是睡觉。在黑暗中听着风声，门板的墙上有好多缝，风呜呜地响，好像天地之间只有风像没头苍蝇似的乱撞，有一种风雨飘摇之感。我知道是安全的，没来由地兴奋，不过很快也就睡去。半夜醒来，发现风停了，门缝里透进的几线月光静静地躺在床前的地上，一时间，竟是不知身在何处。

天柱山迷路记

方向感差的人难免迷路，不过这一般是在城市里大街小巷乱逛，三绕两绕，晕头转向。通常在风景区，这事发生的概率便要大大降低。一者不会有一团乱麻似的街巷，二者总是游人如织，不认路，随大流就可以。但一九八六年游天柱山，我和一哥儿们愣是迷了路，狼狈之极。

乘江轮到安庆，再坐车到潜山，中午饱餐一顿，下午开始上山。彼时的天柱山几乎是一座空山：虽然古称南岳，来头不小，比起黄山，当然是小巫，九华山是佛教四大名山之一，也更有号召力，我们就是冲天柱山刚搞旅游开发来抢鲜的。没想到"鲜"到不见一个游人，原来前一阵闹虫灾封了山，这时虽重又开放，游人却还未曾卷土重来，偌大一座山，尽归我有，妙啊。

意识到有点不妙，是在两小时以后。这时我们的路似乎越走越窄了——不是比喻的说法，是真的。从山脚算起，开始有一米多宽的石阶，蛮长的一段，都是拾级而上，而后不知何时，进入较窄的石阶路。我们根本没考虑存在误入歧途的可能性，一路说笑，又不知何时，已走在土路的山道上，这时瞻望漫漫前路，两边是荒草灌木丛，二人不能并行，似乎只能称作小径了。

我们肯定已经跑偏，出了风景区。夏天日长，天色尚早，我们倒也不慌，即使遇到一个砍柴人，说这一带是无人的荒山，且有野狼，我们也没在意，觉得不可能，只想着先到高处看看再说。指望着尽收眼底，全局在胸，而后指哪儿打哪儿呢。谁料一直在山道上走，总也上不到可以居高临下的山头。待终于从灌木丛中脱身，立身一处山顶，却只见远近山岭连绵，暮云四合，天色将暝，不要说指点江山，即来路也已不辨。偏偏这时又淅淅沥沥下起雨来。

茫然了一阵之后，两人在雨伞下陷入两条路线的激烈斗争：我因近视，黑暗中不良于行，要求就那么待着，天明再走；那哥儿们坚持马上下山，说入夜肯定冷得不行，熬一夜，非冻病了不可。最后他说服了我，他在前面开道，我跟着。

天很快就完全黑了，没有月色星光，荒山野岭，也不见一点儿灯火，起初还知道走的是来路，很快就走在一团漆黑之中，我头一次知道天可以这么黑，手电只照见眼前的一点点，有时只能探着脚前行，真的是“敢问路在何方？路在脚下”了。这时候，狼的存在也忽然变得可能性大增。

雨还在下，因摸索着往前走，深恐失脚坠下山去，不敢打伞，镜片上一片模糊，磕磕绊绊，全仗那哥儿们开道。关键是，不知身在何处，有时是不是走在道上，也不敢肯定。就这么走了两个多小时，总算走到稍微敞亮处——也就是能于夜色中辨出更深浓的山峰的黑影吧——忽见对面山上有灯火，居然还有个人在大声唱戏！我们简直如同绝处逢生，朝那一星灯火处大喊，那边有回应，却不知说什么。但这已相当之振奋人心了，两人加快脚步就奔那方向去。也不想想，隔着个山谷呢。走了一阵，脚下的路复又将我们带入黑暗之中，一星灯火再见不着了。

还是那哥儿们有决断，说别再惦记那灯火了，望山跑死马，而且谁知山路怎么绕，到不了的，不管三七二十一，就往山下走，下到底再说。于是打起精神，凡遇岔路，认准下山的走。也不知下了多久，路变得平坦，而且宽了，不再是仿佛需要时不时拨草寻蛇的小径。再走一程，发现上了石头铺的路，再往前，又发现电线杆，虽然灯不亮。就是说，已经走出无人区了？！这些人工的造物变得无比亲切，一时之间，竟让我们有类乎重返人间的喜悦。

三点多钟，终于有房屋进入视线，一栋二层的小楼，还有一排简易房，几乎可以肯定，这是游人住宿的地方了。接下来的事情很有几分喜剧性：应该是办理住宿的那处小楼此刻黑灯瞎火，找不着人，敲门无应答。我们几乎走了一夜，筋疲力尽，只想找个地方倒头便睡，遂试着看哪间房间门开着或是窗开着，却都门窗紧闭上着锁。指望用身上的钥匙捅开哪把锁，也未得逞。后来发现那简易房门倒是开着的，摸进去，里面有十来张上下铺。也顾不得什么手续不手续了，找没人的铺位，睡下再说。不出五分钟，我就加入到此起彼伏的鼾声之中。

两三个小时过后，我们被人声吵醒，睁开眼，两个服务员模样的女孩站在床边，正在争论，一个说，肯定是这两个人，一个不很肯定。见我们醒了，便问，半夜敲门的是你们？我们马上认账，反问她们，就在那房子里，怎么不接待？她们回道，什么时候了，哪有游客这时住店？原来她们让敲门声惊醒了，却不敢应声，怕是歹人，钥匙在锁眼里转动更把她们吓着了，越发大气都不敢出。这一说，两下里都觉得好笑。再没想到，我们一夜惊魂之余，最后还制造了另一番惊悚。

补办手续，饱餐一顿之后，我们开始真正的游山。头天几乎赶了一夜的路，腿都硬了，没想到化险为夷后有一种亢奋，居然精神抖擞。雨后的天柱山景色很不错，但我的印象相当模糊，有了前面误入荒山的意外一幕，原来当是真正大戏的游山逛景，反倒像是个尾声。我只记得上了主峰之后，两人很兴奋地一览众山，重点倒在指指点点，猜测我们夜里是在哪一片转悠。昨夜在一团黑暗中摸索乱走，固然不辨东西，此时眼前苍山如海，诸多山峰，欲晓来路，又哪里能够？

马桶与痰盂

各地都有描述本地风光的八大怪、十大怪之类，以我想来，多半都是当地人自己编的，一是因生活在那里，才知底细；二则大体是在当地流传，外地人是“人云亦云”的性质，追本溯源，还是得之本地人——说来都带几分调侃，不经意间也就显露出不多见的集体自嘲的精神。

帮我下断语的，还有一条，是此类顺口溜多用方言。比如南京的，要听南京人用南京话才地道。南京几大怪的多种版本中，“老头怕老太”“马子满街晒”等似乎是常设项目，此处的“马子”就是南京方言，指旧时出恭用的马桶。

就像做谈资的段子一样，几大怪云云，不能太顶真。是不是能称奇称怪，要和别地比较才能成立，有道是说有容易说无难，未曾遍览各地风习，安能断言某现象是本地独有？比如上面说南京的两项，我就觉得很可疑。“老太”指老年妇女，“老头怕老太”是说老两口吵架，多是老太占上风。这里面有好几点须澄清：其一，南京不像上海，在外地人眼中，男人有惧内之风。要特别点明是老夫老妻的阶段，难道是南京女性不约而同，年纪大到一定程度才发展出“野蛮女友”的倾向？其二，南京此风一定胜于别处？

这还是从“理”上的质疑，另一项则我可以用亲闻亲见来推翻它：过去江南很多城市，晒马桶而具有“公开”意味，实在是很普遍的，至少我在苏州、上海都见过。是不是南京人来得更肆无忌惮，似乎也很难说。当然，要说作为当年的一景，晒马子让人印象深刻，我就得承认它的真实性。

倒马子，当年粪车

吃喝拉撒是人的基本生活需求，拉撒得有拉撒的地方，是为厕所。我小时候，城市里还有大量老式的民房，这样的房子并无厕所之设。马桶因此成为必备之物。六岁以前住在中央饭店，那里原是国民党开国大时代表入住的酒店，解放军入城后成为部队家属院。以逆旅而为住家户，用途改变，颇为混乱，比如我家分配到一间客房，另有一小间，原先大概是工作人员的临时住所，两间房相距足有几十米，但那间客房是带卫生间的。

稍长，搬到随家仓，还是部队的房子，却是一栋两层的小楼，楼上的一家，有很宽敞的卫生间，很大的浴缸，楼下我们住，本是吃饭、会客的地方，并不住人，却有一极逼仄的厕所（抽水马桶加一小小洗手池之外，再无转圜之地）嵌在楼梯肚里，供临时方便。故我从小到大，没用过马子。我的一个同事据此说我根本没有谈论马桶的资格：在别人家中便宜行事的偶尔一用不能算数，因对马桶不可能有深切体会。他将与马桶相关的事宜解为“三部曲”——“倒马子”“刷马子”“晒马子”，质问我“你哪样干过？”，当下唯唯。但亦不服：没干过不假，谁还没见过？

人的吃喝，诚然不妨大张旗鼓，拉撒却须遮掩，总是背地里进行，与拉撒相关的马桶因此也尽可能深藏不露，居于家中某个隐蔽的角落。然其私密性到了须清理时即不能保证，转为公开。清早的“倒马子”是开门几件事中的一件。一个去处是家附近的公共厕所，我印象很深的倒是固定时刻出现的粪车。彼时南京的环卫系统与家家户户都生干系的，一是粪车，一是垃圾车。垃圾车是马拉，四围是高高的挡板，顶上敞着；粪车则是驴拉着，车子类集装箱而小，近乎全封闭，只顶部有一开口，届时开了盖，粪便便往里倒。每天垃圾车、粪车照例沿着固定的线路而来，一路上会在几个地方停下，驱车的人一停下便发布召集令，或者是要以示区别的缘故，招呼倒垃圾是摇铃，倒马子则是吹哨子。

虽然出现的时间不同，似乎总是粪车在先，这样的区分还是很有必要，我有一度因为想就近看看马，会主动跑出去倒垃圾，有次闻哨而动，端着簸箕就冲出去，到外面才发现别家里出来的，都拎着马桶。吃一堑，长一智，后来便不会错了。

到公厕里去倒，没有时间限制，粪车则是过时不候的，因此那一声哨响有倒马子总动员的意味。事实上与垃圾车相比，粪车停的时间不算短，倒垃圾涉及每家每户，倒马子则有厕所或靠近公厕的人家就不必出动了。但前者动作利落，走到垃圾车边簸箕一倾就完事，因车是敞着的，围着车可多人同时进行；倒马子则两样，必须倒进那车厢上面那不大的口子里，只能一个一个来。偶有倒不准泼洒于外的时候，那赶车人便狠声恶气地训斥："好好倒呀——倒个马子也不会？！"

怕耽误事，往往车还未到，有人已在路边守候，多是老年妇女，好几只马桶在地下摆着，她们在一边热烈地说着家长里短。奇的是我不止一次看见隔壁一小脚老太到最后关头才赶过来，一步一歪追那已经启动的粪车，那赶车人对这老太倒客气，总是喊："不要跑，不要跑——我等你哎！"

出来倒马子的多半是中老年女性，好像也唯有她们能有一种家庭妇女般的坦然。男人倒马子是件很没面子的事，似乎比别事更关涉男性的尊严。照说这也算体力活儿，事实上却不能一例看待，倘运煤扛大袋的米之类无损形象，倒马子就绝对地有碍了。而且，虽然同是倾倒脏物，差不多同样的路线，倒马子比起倒垃圾也更是等而下之。这从我们的反应里就看得出来，同学中被大人支派去倒垃圾、倒马桶都是常有的事，倒垃圾心中也不愿，却只是不想干家务活儿的那种简单的厌烦，倒马桶则是百般不愿，实在推诿不过，那就跟做贼似的，一刻不停留，"目中无人"地倒了就走，仿今日的表述，可以叫"闪倒"。此时最怕的是遇见同学，恨不得身上穿着隐身衣。

上小学时别班有个超龄的女生，叫马红梅，比我们要大四五岁，家境很不好，多少与根正苗红的出身有关，她被学校树为"活学活用"的标兵，广播里常广播她的先进事迹。突出的一条是爱劳动，不怕苦不怕累，有一次不知怎么说到她每天早上起来倒马桶，好像还形容了路途的遥远和马桶的“沉重”。别的没什么，说到这里下面就有人神情诡谲地笑起来，还要加上互相挤眉弄眼。马红梅家就住我家对面，个矮，粗壮，后来没上中学就工作了，在建筑队里做了油漆工。我的确经常见她倒马桶，坦然得很，还跟人说话，正因如此，在我们眼中更其“弄得像家庭妇女似的”了。

倘女同学倒马桶都有遭讪笑的危险，男孩做此事很有点心理负担，也就不问可知。张姓同学倒马桶，不是我在路上撞见的，是有天一大早我就去他家玩，恰逢粪车到来，他妈差他去，因我在场，他大概尤其不愿，便试图拒绝，且在他妈高声勒令之际，还很强硬地说“就不去！”。重复几遍之后，她妈从另一房间拿着笤帚疙瘩出现。最后他还是屈服了，拎着马桶嘟嘟囔囔地出去。

回来后他嘱我不要对外人说，我当时赌咒发誓，保证不说的，也不知怎么就当笑话顺嘴跟一哥儿们说了，那哥儿们有次和张姓同学在人前斗嘴落了下风，忽然奚落他道：“你能，你能，你还会倒马桶呢！”旁边就有人大惊小怪地追问：“你们家马桶都是你倒啊？”而后就起哄。张姓同学像是被揭了老底，恼怒地否认：“你才倒马桶——我要倒过马桶就是小狗！”但是没人理会他的辩诬，没人调查取证，哄笑声中这事就被坐实了。此后好多天，张姓同学不和我说话，唯一的一次对话，是威胁说要找我算账。

刷马子与作为兵器的马桶刷

与倒马子一样，刷马子也是在公共空间进行，晒马子当然更是。彼时南京城里还有许多水井，老房子固然也有接上了自来水的，水井则在前自来水时代都是有的，二者并举，行的是双轨制。井水不要钱，刷马桶最该加以利用，所以倒了马桶便上井台去刷，没有水井的人家，则奔露天里的自来水龙头。一时之间，“唰唰”声大作，杂以刷马桶者高喉大嗓的扯闲篇，颇为热闹。

那“唰唰”声是一种齐膝高的竹条刷子制造出来的，其刷硬挺，一端收为一束，下面张开，似乎是专用，都称为“马桶刷”。在我们的意识里，最污秽者，莫过于粪便，倒马桶之被歧视，即是以此。也是以此，凡与粪便相凑泊者，我们都避之唯恐不及。我对马桶刷子印象深刻，是因打闹嬉戏时它曾在我手中挥舞。比画打斗大概是那个年代男孩最普遍的游戏之一，徒手的抱摔角力之外，也有以雪团、土块、石子等物（以不伤人为度）的互相抛掷。也少不了各种持械的比画，是时顺手操起的什么家伙都可以当兵器使：扫帚、竹竿、树枝、煤铲、炉钩……情急之时，逮着什么是什么。有次我们一伙三四人与另一伙对峙，因“兵器”的优势，把对方撵得到处跑，逃窜间他们当中一人急中生智，拿起了路边倚着马桶的一只马桶刷，回过身来向我们反攻，我手里尽有更长的家伙，见他手里高擎那臭烘烘玩意儿，不敢争锋，转身就跑。这一下形势突变，他冲向哪个，哪个便吓得落荒而逃，有的边跑还边做掩鼻状，真是望风披靡，眼见得那一阵就输了。

显然，不是因为他们武器的先进性，而是那个家伙利用了我们对粪便的忌惮。我们争论输赢问题，认定对方胜之不武，意思是他们的做法太下三烂，好比武侠小说中的邪派使出了阴损的招数。但我后来意识到，交战之际为求一胜，人是往往趋于不择手段的，因为过后不久与另一帮人打闹时，我在胜负难分之际也甘冒风险，朝一只马桶刷冲过去。马桶刷的威慑力也真是不可小觑——结果是一样的，它成了我们放出的胜负手。

事实上，我们用作兵器的马桶刷都是刷过马桶之后洗净了的，那些路边或空场上的马桶都处在晾晒的状态。“马子满街晒”之说应该是乡村生活方式的延续吧？乡下往往各有自己的院场，房前屋后，晒马桶的地方是现成的，城里是扎堆的居住方式，一家挨一家，开了门即是大街小巷，即使是放在家门口，不意间也就予人“满街”的印象。遇晴好天气，特别是在那些平房密布的小巷里，一溜儿一溜儿的马桶，若两边的人家都摆开，就是夹道欢迎的模样了。

马桶的形制一般无二，都是矮凳的高度，腰鼓的形状。供提溜用的环状拎手是铁的，此外还有定型的铁箍。既是“桶”，当然是木头制成，好像从未见过其他材料。结构也简单，桶身之外，有一圈一盖，功能与抽水马桶的圈与盖一般无二。放家里时当然是密闭状态，晾晒时则四敞大开，圈与盖都取下支楞起来。刷过之后要尽量让其干燥是其一，让沤溲之下更趋不良的气味散发尽净是其二。南方天气潮湿，较之北方，让马桶常见天日似乎尤有必要。前面将“马子满街晒”的发明权判给本地人，此处还要赘一句——得是有外来者眼光的本地人，否则司空见惯，熟视无睹，就没这一说了。哪里人的眼光呢？笼统地说，北方人。

关于马桶的“底细”，前些年因翻看韩国人写的《东亚的厕所》一书，好奇心起，顺便有一点查考。因知南京人口中的“马子”倒是有来历的：古人就称便溺之器为“马子”，“马桶”反而是从“马子”而来。《水浒》里称“净桶”，顾名思义，顺理成章，“马子／马桶”则显蹊跷，那玩意儿与马有何相干？——最初叫作“虎子”，也还是要问，“虎”从何来？一种说法是汉时飞将军李广射死卧虎，让人铸成虎形的铜质溺具，解小便于内，以示不把老虎放在眼里。由是坐便器有“虎子”之名。到唐代，因要避讳（李世民的曾祖父名“李虎”），改称“马子”。由“虎子”到“马子”，算是有解了，原以走兽为名，仍以走兽替换，然则何以不是牛、羊、狮、豹？这就无解了。

我的另一疑惑是马桶的颜色——似乎都是红色，大红、紫红、枣红……从没见过黑色、蓝色之类的。红色能见度高，或者因此强化了“满街晒”的印象也未可知，虽然街巷里所见多已没颜落色。我最不解的是大红色，这是喜庆之色，何以用在便溺之器上？终不成是为了结婚那一刻的喜庆吧？过去女方的陪嫁里是有马桶的，我小时还见过，大红，极是抢眼。

倒马子、刷马子，均已让即在家中也要遮掩的马桶具有了公开性，但那都是一时，唯晒马桶像是陈列一般，让这隐私的物件长时间地暴露在众人眼前。合而论之，则马桶的存在感在此过程中得到充分的彰显，演绎得有声有色——“有色”无须解释了，“有声”则是刷马桶时发出的声响，竹刷在木桶中的擦刮接触，发出的声音有点特别，反正我一听便知，与别的声音都不同。早晨的刷马桶常是群体性的，那声音便响成一片。好些说民俗风习的书里都说到“市声”，列举城市生活里种种消失了的声音，可能是“不足挂齿”吧？都没说到这个。其实，倒真是“市声”的一种。补上一笔，大可丰富我们对那个年代生活节奏、生活气息的想象。

从马桶说到痰盂

既说马桶，似乎也应说说痰盂。论亲缘关系，它们应是直系亲属，虽说这种关系并非预设，是后天发展出来的。

从来没人把痰盂当“国粹”，但至少，洋人没这么一样供吐痰的家伙。我见过的痰盂都是搪瓷的，看上去比木制的马桶“现代”。制马桶，箍桶匠就办得了，搪瓷痰盂则非得“现代”的工厂，我因此以为痰盂与洋人有瓜葛。其实中国人早为吐痰预备下器具，还极讲究，到清末民初还是如此，唐鲁孙说当年事，谓有头有脸的人家，“大厅正中炕床之前，一对二尺多高白铜痰桶是不可少的用具，也可以说是摆设，少了它好像短点什么似的，至于卧房书室也少不了有一只或一对放在适当的地方来供使用”。洋人不用这玩意儿，据他所言，美国传教士福开森对中国人的痰盂大为赞赏，且称加盖，放入消毒水则尽善尽美，而后来的北京洋人机构，果然用起了痰盂。

或者因为说的是高门大户，这里痰盂的功用仍限于吐痰。梁实秋记述自己家中的情况又有不同，他是商人之家，应更接近普通人家的情形：“记得小时候，家里每间房屋至少要有痰盂一具。尤其是，两把太师椅中间夹着一个小茶几，几前必有一个痰盂。每天早晨清理房屋，倒痰盂是第一桩事。因为其中不仅有痰，举凡烟蒂、茶根、漱口水、果皮、瓜子皮、纸屑，都兼容并蓄，甚至有时也权充老幼咸宜的卫生设备。”

二老隔海话痰盂，时在七十年代，台湾经济开始起飞，生活方式悄然发生变化，痰盂已然式微，故有白头宫女话天宝遗事的味道。此时海峡的这一边，痰盂仍大行其道。有意思的是，二人都对毛泽东、尼克松那次历史性会见相关影像中出现的一只痰盂印象深刻，唐鲁孙是前清贵胄，遗老式人物，所记唯在趣味：“尼克松、毛泽东在居仁堂会谈照片上，在二人中间赫然矗立一只古色古香的痰盂呢。”梁实秋写道：“主客二人……中间赫然矗立着一具相当壮观的痰盂！痰盂未被列入旧物之列而被破除，真可说是异数了。”

“文革”之“破四旧”，有没有“破”到日用器物上，一时想不起，有之，痰盂也不在其列，除非不当它是痰盂，当它是好东西——凡东西好到一定程度，仿佛就已有了“剥削阶级”的属性，唐鲁孙所说可做摆设、“银光晃耀”的白铜痰盂就很有嫌疑。这样的我没见过，所见者，都是他所谓“俗不可耐”的搪瓷货。

痰盂好像倒也没有循例“革命”起来——我是说，当时的很多日用器物，都烙上了“革命烙印”。来一条毛主席语录是最常见的，革命口号亦所在多有，比如搪瓷茶缸上有“无产阶级文化大革命万岁”，铝制饭盒盖上镌有“为人民服务”，铅笔盒上有毛体的“好好学习，天天向上”，脸盆脚盆里没准儿大书“广阔天地，大有作为”“工人阶级领导一切”，等等。脸盆脚盆的区分系乎使用者的意愿，将“工人阶级”踩在脚下是很不好的联想。我没见过对痰盂有过类似的处理，不知是不是因为意识到作为秽器，大大不宜。

我最初对痰盂有印象，是在幼儿园。小儿不似大人，基本上无痰可吐，吐唾沫则当然不会对着痰盂。痰盂原本的功用于是被闲置，它成了便溺之器。厕所是有的，但小小孩多不会蹲坑，便一起上痰盂。活动室、睡觉处，墙根下都有痰盂一字排开，大便、小便，都是它。要培养集体性，上痰盂也有固定的时间，尤其是大解。届时男女一律，一人一盂，齐刷刷坐痰盂上。一排人裤子褪到腿弯处，标准的不雅照，很是滑稽，今天的说法是很“萌”。

当然，绝对的一律是不可能的，不拘睡觉还是上课时，单独行动也不是不允许，只要举手申请，一般都照准。我不解上小班时，何以一度痰盂摆在正前方（通常在教室后面，或是教室外贴墙根），正听老师讲故事之际，申请获准后就见一人走到老师身后择盂坐下，脸冲着我们，面面相觑，习惯了，两厢倒是熟视无睹，老师也不为身后发出的响声所扰。只有一回，一小胖子便秘，坐在那里使出全身力气，震颤出声，令老师回头望了他一眼，底下正听故事的人想笑而不敢，憋着，不想他与肠胃痛苦搏斗已进入浑然忘我的状态，全不察周围情形，满脸红涨又“嗯——”地挣出更大的一声来。这下所有人都憋不住了，齐齐笑翻。

作为夜壶

痰盂的主流器型就是两种，高矮不同。矮者不足一尺高，下面是一圆肚贴着地，到上面收束一下，勒出上面部分喇叭状的敞口。这里面又有加盖不加盖之分，加盖者敞口不那么明显，一概是白色，多出现在医院病房。高者俗称“高脚痰盂”，三截头，高在两尺上下，多出了一个底座，就饶具花瓶之姿。这算是痰盂中讲究的，上面的图案多艳丽，结婚的嫁妆中较常见，而且往往是一对。

幼儿园所用，当然是前者。一则小孩身量未足，高脚痰盂坐不上去，二则即或能坐上去，因痰盂轻巧，不及马桶的厚重敦实，极易造成倾侧。事实即使是矮痰盂，坐翻之事也时有发生，盖因敞口面积小，不对准了端坐其上，稍不留神痰盂便滑向一边，人一屁股坐地下，尿流满地的惨剧顿时发生。小儿好动，已坐痰盂上也不肯消停，或交头接耳，或隔着人还要哄闹，一个重心不稳，结果也是一样。于是老师如消防队员，持拖把火速赶到，边收拾边大声申斥，闯祸者自知罪孽深重，僵立一旁，神情呆滞。

如此这般，痰盂的功用已近于马桶了，当然，这是小儿的世界，在成人世界，马桶与痰盂则各有分际。我不是说到成人这里，痰盂已尽用于吐痰的正途，不是的。梁实秋称痰盂“兼容并蓄，甚至有时也权充老幼咸宜的卫生设备”，确是实情，惜乎对后一项语焉未详，且顾及雅驯，未便直言——“卫生设备”云云，说白了，即是把痰盂当了夜壶。他那时痰盂未及后来的普及，六七十年代，痰盂鼎盛，那功用肯定是发扬光大了。痰可以随地吐（甚至在家中亦不乏噗地一口吐于地下，以鞋擦擦了事者），小便则虽“情非得已”之际也会便宜行事，却毕竟忌讳多多，而且限于外面，在家中再不会乱来。

已有马桶，或有厕所，何需痰盂？此乃夜间的应急措施。所以痰盂的位置常在床下，冬天天寒地冻，家中即使有厕所，亦有“山高水远”之惧，起得身来撩起床单拖出痰盂，速速放空缩回被窝，庶几余温尚在，不致如厕归来，抖抖索索，难回梦里。是故有不用马桶者，家无痰盂数具，则吾未闻。痰盂由是成为马桶、厕所的补充，二者相辅相成，其直系亲属关系，于此亦宣告成立。

马桶须清理，痰盂亦然。我所记得的小时最具挑战性的“不怕苦，不怕脏”的爱劳动训练，就是倒痰盂。早上起来，在老师的指挥下，各端自己的痰盂排成一队，到厕所鱼贯而入，依次倾倒，再到水池接水晃荡几下，就算大功告成。幼儿园之外，则不可能有集体行动，端的是各行其是。倒马桶要等候粪车的到来或亲自送往公厕，未见有随处乱倒的，倒痰盂则不然，偷懒的人找近便处，如阴沟、墙根、菜地、下水道格栅状下水处，乃至于空地，也就倒了。既有一定的普遍性，众亦不纠，皱眉掩鼻而过而已。足见大家对小便的容忍度高于大便，或者是前者易于挥发，过一阵即消弭于无形，也未可知。

到八十年代初，还是这情形。这时我读了许多五四时期批传统文化的书，对“国民性”之“丑陋”很是纠结，事无巨细，都往里面归，包括随地吐痰、解溲、倒痰盂。像南京这样的地界，也算大城市了，大白天犄角旮旯里撞见男同胞站那儿放空自己，一点儿不稀奇。晚上有夜幕掩护，更是从容不迫。彼时我家住随家仓一个院子里，距马路仅几十步，夜深人静时就有路人把院墙根下当了临时厕所。我的房间正对着大街，因属夜猫子一型，看书常到很迟，若听到墙外霍霍有声，便知有人在方便，尿在墙上，墙本有消音作用，无奈万籁俱寂，稍有动静便声声入耳。更有二人或多人同行者，多是下夜班路过的青工，一起都来，方便时还说话哄笑，完事后跨上支在路边的自行车，扬长而去。

有院墙隔着，总还好些，有时候，就仗着家家户户都在酣梦之中，不晓事的会抵着人家屋子的墙就撒起尿来，一墙之隔，甚至就在窗下，未免太不像话。有次邻家一老头大概正好起夜，听外面有撒尿声就跑出来骂，肇事者回了两句嘴一溜儿烟跑了，留下老头当街咆哮，什么话都骂出来，高分贝的骂声回荡夜空，久久不散。

我不冲出去与人论理，倒不是因为心平气和，或是反求诸己，想到中学时在类似的处所有过恶作剧式的撒尿狂欢——实在只是懒得动罢了：少了这几泡尿，无改于院墙根那儿的总体氛围，因大白天也有人瞅人不备倒痰盂的。也不独我们的院墙为然，事实上凡常有人经过而稍稍背人的院墙下，都会有人加以利用。此所以周恩来七绝《大江歌罢掉头东》里“面壁十年图破壁”一句，我关于“面壁”不着调却相当之生动的联想，居然关及对墙撒尿。《孟子》中“君子不立危墙之下”，我亦略作“君子不立墙下”，戏称那是诫人不要在墙下方便。平日行走，也要离墙远点，因近前而行，往往不是“十步之内，必有芳草”，而是“十步之内，必闻尿骚”。

行动上虽是“不作为”，胸中却是愤愤然，牵连到“丑陋的中国人”这样的大题目，当然有几分类乎“愤青”式的愤然。后来在书上看到，而今号称“花都”的巴黎，十九世纪初大规模城市改造之前，也是排泄物处处可见，而且更来得夸张：对粪便的处理，是开了门就朝大街上泼出去。这才意识到随地撒尿、倒痰盂之类，更大程度上非关“国民性”，而是与生活条件相关的生活方式问题。我们那时还是一种前现代的生活方式，乡村生活的余绪，一九四九年以后生活方式上也是“农村包围城市”的路向，也就碍难“现代化”。试想在农村，上述种种，谁会当回事？

办公室里的痰盂

说痰盂发展出新的用途，并不意味着它的本意已被取消，至少在单位里，痰盂就是痰盂，其使用完全符合制造者的预设。比如在办公室，在居仁堂这样会客的地方，痰盂绝不会做夜壶使。按照今日购物发票上的分类，痰盂没准儿要归入“办公用品”，因痰盂几乎是办公室的“标配”，必须有。

我在机关工作过一年，因生性疏懒，上班迟到的事经常发生，所幸领导、同事宽容，或者是我愚钝，没觉得受过什么指斥。只是有同事问过，是不是又看书看得没数了？再就是领导似不经意地说过隔壁人事处的小陈如何勤勉，要向他学习云云。我都当是泛泛的关心、勉励之辞，曼声应下，虽说态度尚属谦恭，却并未往心里去。直到一年过后，考了研究生要离开了，有一同事神秘兮兮且很婉转地说到办公室里对我的“反应”。据说机关里的惯例，新来者都会早到，扫地抹桌倒痰盂，冬天则加上生炉子。这才悟过来先前他们所说，是一种启发式的批评，我竟启而未发。

办公室的日子早有人概括过，是一种“一杯茶一根烟，一张报纸看半天”的节奏，对刚出校门如我之辈，特别的无聊而漫长。烟、茶、报纸只是梗概，还有许多丰富的内容来加重我的无聊感，这里面我印象尤深的一项，是吐痰。机关的人似乎痰来得更多，隔不一会儿就有人从座位上站起来，走到痰盂跟前，伸个懒腰吐口痰，我甚至怀疑这是习惯性的。不比别处吐痰的匆匆而过，这事在机关办公室里特别来得从容。也许就因这份从容，这里的痰盂似乎总是很干净。吐痰都是取站姿，照说痰盂的内径少说也有半尺以上，一米多的距离，区区一口痰，未经训练也该准确吐入其中。偏偏不少人，或是像有急务，不肯稍做停留，或是自恃技艺高超，总喜远程施射，结果不是吐在外边，就是挂在敞口边沿上，看上去让人不舒服。机关里殊少类似情况，且因有人勤于清理蓄上水，虽是痰花朵朵，亦不妨其清波荡漾。

我所谓“从容”是从宏观上说，不同的人之间，差别还是有的。一般情况下，总是地位最尊者，最见从容。在我待过的办公室里，当然就是我们李处长。其特征是准备期特别长，必有充分的酝酿，必要“吭”啊“咔”的好一阵，才有最后“噗”的一吐。就像公共场合习惯高声喧哗一样，我们吐痰也是不肯稍稍收声，仿佛出大声喉咙才能清理干净。李处长则较一般人更来得声宏远大，每咳痰隔着几间屋也听得到。耳听为虚，眼见为实，若是亲见，就能于咳痰中领略到一种威仪。因他从起身，到站在房间中央旁若无人地大声“吭”“咔”，再到缓步到痰盂前全神贯注的那一“噗”，都透着如承大事的郑重，且又有顾盼自雄之慨。当然，我随他到局长办公室汇报工作之际，他若咳痰就要收敛得多。故我曾跟人开玩笑说，所谓“汉官威仪”，咳痰也是一端。

吐痰大观

并非凡公共场所就一定有痰盂之设。露天场所肯定是没有的，即使到今天，稠人广众之地遍设垃圾箱了，且垃圾箱形式上已有“可回收”与“不可回收”之分了，也没有专门附设一痰箱。我估猜是因为城市公共设施模子在欧美，欧美没有专供吐痰的器皿，我们也就没有了。西方人倒也不是不吐痰，有痰在喉也并不咽回去，是以手帕、纸巾承之，归家后再做道理。鲁迅在日本养成的习惯，就是如此，这是从日本人那里学来，而日本明治以来的国策是脱亚入欧，想来是将此细微处也学来了。尤有进者，他们还发明了一种痰盒，可随身携带。我们过去也有一种小巧的吐痰之具，叫作唾壶，可摆在床头手边，随时征用，却是放在家里的，外出并不随身。

从“能见度”去判断，中国人的痰似乎特别多，一吐为快的冲动也更为强烈。有个说法叫“鱼生火肉生痰”，把痰与饮食联系起来，倘此说成立，痰多的怎么也不该是中国人。故我怀疑国人之爱吐痰，有一部分是“境由心生”，对痰或虚拟的痰的存在过分敏感，有事没事咳两声，没痰也弄出痰来了。

有痰就须吐出来，在乡下，随便吐，到城里才成为问题。

也不能说吐痰者全无公德心，否则就不好解释马路边下水道格栅状的盖子左近，总是痰迹斑斑，新旧杂错，陈陈相因，没西人的习惯，又无处可吐，便把这里当了临时的痰盂——足见很多人并不是“不择地而出”。有时你会看到骑自行车的人嘴里包着一口痰，大老远就嘟着嘴过来，到跟前并不下车，以脚撑地，啐上一口，迅即离去。只是公共卫生的意识往往敌不过图方便的一吐为快，这还不包括那些随地吐痰已成习惯的人，他们也未必是要给他人添堵，没准儿在家里也就是这样。你要是打算让所有吐痰者吐痰有其地，那就得遍地痰盂了。

而痰盂以属性而论，大体上是室内的。我所谓无痰盂之设，指的也是室内。比如，学校的教室里通常就没有痰盂。走廊里倒是有垃圾桶，课间常有人过来啐一口。我读本科时，教学楼过道里还另放了几只似花盆又似水缸的大家伙，里面铺着石灰，专供吐痰之用，痰盂里注水，意在保持清洁，石灰则还有消毒的功效吧。

我记不起这些巨型痰盂的出现是否与轰轰烈烈的新生活运动有关。也是“文革”将最基本的礼仪都弄得荡然无存了，那时自上而下，开始大讲“文明”。仍是运动的方式，到处张贴着标语，包括最简单的礼貌用语的提示，到处见到“你好”“对不起”“谢谢”之类的字样，仿佛大家都在上幼儿园。学校里一度还有许多雷厉风行的具体规定，比如进出校门不下自行车，一次罚五元，等等。吐痰罚款的规定则是更大范围的，似乎各地都有，有地区差，罚款数额高低不等。

我的一位老师对这些举措并不乐观，尤其是随地吐痰一项。不知为何，似乎从来没人提议在这上面效法西方人，那么，即使走廊里摆着巨型痰盂，正上着课一口痰上来，却如何是好？总不能含在口里一直等到下课吧？这不是他的话，是有同学给自己课上往课桌下吐痰找的理由。我的老师则是举示“国民性”时顺便提及，且是更公开的表达。久已养成的习惯，一下哪里改得了？——这位老师特别地自信，语气也特别肯定，他预言相关的行政命令注定无效：“群众基础”在那儿，“怎么可能呢？”。说到这儿，也不知是不是恰好有一口痰上来，就朝地下啐了一口。这样的连接整个天衣无缝，我们都哄堂大笑。这位老师平日不苟言笑，上课甚少旁逸斜出，这时也“嘿嘿”笑起来。抽烟多、痰多，他又保持着许多农村的习惯，对随地吐痰事，自然看得没那么顶真，我们也一样。倒是他的语气，说不清是冷嘲还是自嘲，后来我发现我们经常是这样的，一边是并不很当真的悲观，一边在悲观里体味到某种快意。

倒痰盂与男性自尊

话说至此，我发现我已经有点跑题：说痰盂、话吐痰本是题中应有，然而既与马桶并置且称为直系亲属，则此处的痰盂乃是作为溺器存在，不言而喻，痰不痰的，倒在其次。只是痰盂较马桶用途多样，由此及彼，或不可免。且痰盂一身数用，不经意间已完成角色转换，在公共场所为痰具固无论矣，在家中就亦此亦彼，颇感暧昧，须当事人才能了然。

当然，外人也不是无以辨之。这里用得上“一切以时间、地点为转移”的金句：放在墙角、茶几前，具有公开性的，为吐痰之具；隐于床下或他处的，作便溺之器。大清早与马桶几乎同时处理的，多是作溺器用了，别时倾倒清理者，大体是作为痰具而兼垃圾桶。也以此，大清早倒痰盂，对大男人是件“伤不起”的事。

这事在南京不大见到，在上海却不鲜见。我有个姨妈在上海，很小就在纺织厂做工，住在上海人称为“下只角”的棚户区。那一带挤挤挨挨，全是简陋的私房。上世纪七十年代的上海，有没有粪车我不知道，即或有，那里也进不去。每到早晨，逼仄的巷子里尽是出来倒马桶倒痰盂的人。附近建有公厕，愿多走几步则马桶可免，故倒痰盂的人更多，因住户拥挤如蜂窝，几无隙地，不能如南京的“因地制宜”，又或上海人的生活更城市化，倒痰盂都要走一段路到公厕，令此举更其暴露在众人眼前。马桶有把手，可以拎着，痰盂则除非所积不多，得两手端着，这动作似乎也比倒马桶更招眼，我觉得有几分滑稽。

毕竟在上海的地界，即使“下只角”也与别地有所不同。比如别的地方好像大都还没睡裤一说，上海则已是相当普及了。棚户区那样的地方亦然，而且就穿着抛头露面。大清早街上、巷里，满眼是穿着花睡裤的女性，买菜买早点，倒马桶倒痰盂，也是一景。这里面颇有一些大男人混迹其间，且神态自若。别事也就罢了，倒痰盂我看着很新鲜。当时小学还没毕业，小小年纪，居然也觉这是上海男人做低伏小的证据（其时还没有“娘炮”一说，有则当然也要用上），比甘做其他家务之类更能说明问题。南京人对上海人向来是有些看不惯的，小孩也受影响，同学中若有谁是上海人，对其有不满，常会归结到他的“上海”身份上去，若对他说“你一点不像上海人”，则绝对是一种褒奖。上海人有什么可供嘲讽奚落处，我们当然也不会放过。那次从上海回来，我跟同学学说上海的种种，固然也吹嘘它的时髦，却更要渲染上海人的可笑，重中之重，就是笑话上海男人的居然倒痰盂。听的人都喜笑颜开，在对上海人的踩咕中得到某种快意。有好事者将班上一上海同学找了来，在众人面前问：“你们家都是你爸爸倒痰盂啵？”不待回答，就是一阵哄笑。

意外

下面一桩痰盂事故，虽然发生在上海，却与上海人无关，甚至与痰盂亦无必然联系。肇事者与受害者是我一个表姐，家在贵州，两三岁时随父母到上海走亲戚。表姐调皮好动，其颇似男孩的性格，从那时已见端倪。偏偏大姨家没什么玩的，某天表姐不知怎么盯上了新买的痰盂，像其时棚户区多数人家一样，大姨家里是泥巴地，痰盂跌下也没事，就由她。先是侧过来在地下滚着玩，后来又玩出其他什么花样，最后她把痰盂顶在了头上。

不知是她有意要将头伸入其中，还只是转着玩玩，反正结果是一样的，痰盂罩下来，她整个头进去了。进去或者也不易，出来却是大难。当大人因隔着痰盂发出的怪异声音来相看时，她正没头没脑在挣扎，却哪里出得来？大人想了种种办法，包括用肥皂涂在痰盂敞口边缘，希图滑脱而出，但表姐的头显然是被套牢了，不是这里就是那里被卡住，稍稍一动，里面就大放悲声，瓮声瓮气的，真是动辄得咎。几个大人急得不行，束手无策，最后只好坐了三轮车上医院。一小孩两肩上不见头只见痰盂，那样一副戴盂长街行的模样，不招摇也是招摇，我想其时表姐的回头率一定超高。

在医院痰盂究竟是被剪开除下的，还是使用了别的什么方法，我母系的亲戚中流传着各种版本，然而作为亲戚之间最喜翻出来的陈年旧事之一，他们的重心从来不在问题的解决，而在问题的发生。我最近一次向外人说起这段“家丑”，是在去学校上课的班车上——也是忽然想起医院怎么还负责处理这样的“怪”病。其时我一同事正在跟我聊他夫人在医院急诊室遇到的各种趣事。听我补上的这一例，发笑之余又说道，搁在今日，“病”人没准儿会去找厂家理论。于是我想起国外一些包装塑料袋上的注意事项会提示，切勿套头上以免造成窒息，云云。有此一言，出了事厂家就不担干系了。商业社会，讲究责任分明，这也是预先的范围措施。看似无稽之谈，现在想来，大有必要：谁能想到痰盂可以做那样的使用呢？真可以来给一句尽人皆知的励志广告语做别样的注脚，真是——“一切皆有可能！”

事故或故事

上面一段，与发皇马桶、痰盂“大义”无关，若不是由它牵出另一段故事，原是不必说的。事实上我所谓“故事”虽不可作段子看，也还是“无关宏旨”，然而谈论马桶、痰盂这等秽器而说什么“宏旨”，本身就很可笑，既已一路拉杂至此，不如一不做二不休，干脆拉杂到底。

确切地说，是一桩奇案。就我而言，真正是“道听途说”。仍是在那辆班车上，我和同事坐在前排，就在司机身后，正说痰盂故事，师傅跟着笑，而后就接管话题，说起当年部队里一桩与痰盂有关的故事。他坚称句句是实。他当过兵，那个故事就出在他们团的通信兵身上，虽然我到最后也不知事情发生的时间——是出在他正服役的那段时间，还是之前就在流传，而他是从老兵那里听来。

且说部队里师职以上干部是配有勤务兵的，相当于首长的生活秘书，打理扫地抹桌、铺床叠被、打洗脸水等一应事项。团这一级没有，大都由通信兵兼理。又一条，部队正营以上家属可随军，他们团长的太太就是随军的，但通信兵的勤杂事务并不就此免去，生活杂事还是要做，包括每天给团长夫妇倒痰盂。通信兵颇勤快，团长夫妇对他也蛮好，里里外外，有什么事也不避着他。尤其是团长太太，对他很亲切，还时常开他的玩笑，说要给他介绍对象什么的。通信兵年纪轻轻，正是对异性感兴趣的时候，兵营里则寻常看不见女性，便对团长太太起了恋慕之心。

有一阵，是冬天，团长到外地公干，太太在家中，通信兵照旧干他的差事，洒扫庭除倒痰盂，也不敢有非分之想，团长太太对他也和平日一样，只偶尔打打闹闹玩笑而已。有一天，也不知是想吓唬她一下，还是有什么别的动机，他将一条冻僵的蛇悄悄放到了痰盂里。晚上团长太太坐痰盂上解手，那条蛇受暖苏醒过来袭击了她。第二天她被发现死在房间里，显然是经过了一番挣扎，但现场没有血迹，身上没有伤痕，不像自杀，也不像他杀，她身体又很好，从不生病，总之，没有任何线索。

最后还是团长赶回来发现了桌上的蹊跷，原来太太死前挣扎到桌前用手指蘸着墨水写下了几个数字，读出来发音正好与通信兵的名字相合。为什么不径直写下名字，要让人猜谜呢？解释是，她料想到通信兵会是第一个发现她已死的人，见到自己的名字必会擦去。通信兵于是被带到团长面前，一通审讯过后，全招了。据说最后的结论，是蛇钻到了团长太太的身体里，所以现场没有留下任何痕迹。通信兵辩说他根本没想害死人，但没用，他很快被判了死刑，枪毙了。

司机师傅并非以悬疑推理，而是以拍案惊奇的方式叙述这案子的，所重在其“传奇”性，不在过程的演绎。我可以想象，在部队里，除了军史、团史、连史等“正史”之外，还有些这一类的“野史”在下面流传，这是民间口头版的“说郛”“子不语”，其自发的传播尤能保证其“不胫而走”。像这一类“野史”一样，这里面有太多语焉未详、难以自圆其说之处，真真假假，虚虚实实，传播的人参与己意，想象、渲染、踵事增华，皆在所难免。须得剥除诸多附会之词，方能还原出“本事”的首尾。不过有时候玩味其虚实相间的“浑成”，比追踪“本事”还更有意思，因为内容更为丰富。即如上面这故事，就混合了部队生活，涉性想象乃至受虐狂心理的种种投射。蛇钻入人身体内的说法，让我想起但丁《神曲》“地狱”里罪孽深重的人遭受的一种酷刑，怎么看都像是一种想象。

我在车上追问了讲述者一些细节，他大概觉得我这是对故事真实性的质疑，遂大打包票，称在他部队上尽人皆知，绝对是真的。话未说尽，车已到站，也就不了了之。我的好奇心没有得到充分的满足，倒不是我想还原真相，或证明那彻头彻尾是一场虚构，我是对他如何修补诸多显而易见的破绽感兴趣。

后来乘班车，我就老是希望遇到那位师傅，可惜几次不遇之后，我对他的模样也有点模糊了。有过一位，看着像，冒昧一问，却又不是。有次我甚至问过另外一位司机，学校车队里从部队复员的有没有，回说有好几位，反问我个高个矮长什么样，询问到此也就为止了。我总不能复述一遍故事，说要找讲过这故事的人，虽然那位师傅想必在车队同事闲聊时也讲过。

一学期下来，我再没遇到那位讲故事的师傅，或者是相遇不相识而错过。时间一久，我怀疑自己的复述相对于他的故事，又有走样的地方，尽管我的复述是在对车上闲聊亦步亦趋的回忆中进行的。某些地方的遗漏是肯定的，比如在我听到的故事里，通信兵有名有姓，那三个数字当然也确凿无疑——破案的关键就在这里——却怎么也想不起了。我只能保证有过车上讲故事这回事，以及故事的轮廓。此外就是我的判断：我想至少那只痰盂是真实的，是所谓“想象的花园里真实的癞蛤蟆”。

我们的课

手扶拖拉机

我上初中，正是“教育革命”喊得震天响的时候。“五七指示”与学生相关的部分，我们都会背：“学生也是这样，以学为主，兼学别样，即不但学文，也要学工、学农、学军，也要批判资产阶级。学制要缩短，教育要革命，资产阶级知识分子统治我们学校的现象，再也不能继续下去了。”

数、理、化、生物这些课程的设置大概也算是“统治”的一部分，故“教育革命”的一大成果，是都给“革”掉了，取而代之的是“工业基础知识”“农业基础知识”，简称“工基”“农基”。原理、公式那些都太抽象、玄远了，关键是要能用。预设是，我们将来都要当农民、当工人，所学当在农业、工业生产上用得上。我不记得当年的“学工”“学农”是怎么对接的了，课上讲的东西居然一无印象，只记得“农基”课上讲过根、茎、叶、花、果实，那还是因为那位老师一口无锡腔，“果皮”发出音来如说“狗日”，引得男生课上课下的模仿。

“农基”课上另一让我们兴奋不已的事，是学开手扶拖拉机，虽然只有一两次课。如果一学期都学这个，我们会更开心。自上世纪五十年代到七十年代，拖拉机在影像里常出现，是一种机械，更是一种农业现代化的象征。展示农业成就，少不了拖拉机手意气风发驾着拖拉机的画面。彼时关于农村的“大数据”，少不了拖拉机这一项，集体拥有数量一家家值得宣传，一如后来过小日子时代家庭之拥有大家电。地位如此之重要，以致我们学的头一批英语单词里，居然就有 Tractor。

这里说的手扶拖拉机大概可以看作因陋就简的拖拉机，没有驾驶室，代替方向盘的是两个足有半米长的扶手，像加长版的车龙头。发动时用一只摇柄插入前面柴油马达一洞眼里使劲摇几圈，才轰轰响起来。原是农业机械，也的确见到在田里拉着犁，但更多见到的倒是运输，不管是载人还是载货。在乡下走长路累了，最巴望的就是听到手扶拖拉机突突突的声音。开的人愿意捎你一程，也不必停下，拖斗低，两侧如三轮货车那样可以坐，紧赶几步一跃上去，便坐着随突突之声在坑洼不平的田埂上颠起来，和乡野的景色很搭。

照说我们应该在学农时学着开，或者是手扶拖拉机很少有闲的时候吧，下乡那么多次，一次没让碰。我们的课是在学校的操场里进行的，每个人绕着操场跑一圈。当然，得一个班一个班的来。我们班挨着操场，上着课，突突声声声入耳，看着别班人或神气或狼狈地驾着拖拉机，各种的洋相，好些人都有些神不守舍，跃跃欲试。

既至自家上阵了，笑话人的人才发现真不好摆弄。有力小或不会使力发动不起来的，转不了弯被把手别不过摔下去的，不知怎么捏刹把，嘴里“嗳、嗳、嗳”就朝树上撞过去的，都有。教我们的并非老师，因为他们也不大会，谁在教我们，现在却不大想起来了。

这样的学习，当然是要举为“开门办学”的事例的，虽然我不知道我们那一届后来有谁还开过手扶拖拉机。不知从何时起，手扶拖拉机从我们视线里消失了。八〇后以降，若是长在城里，怕是见都没见过。

打起背包就出发

好像是上世纪六十年代流行的歌："毛主席的战士最听党的话，哪里需要到哪里去，哪里艰苦哪安家。祖国要我守边卡，扛起枪杆我就走，打起背包就出发……"

维吾尔族音乐的素材，调子极明快，轻松到似乎抬腿就能走人。唱起来自然洋溢那时候宣传的"革命乐观主义"精神，有一股"四海为家"的豪气。唱这歌时在上中学，"守边卡"没份儿，说是"哪里需要到哪里去"，事实上也没什么地方可去，只是做些小规模的模拟练习，学农、学军，搞个拉练什么的。顶真起来，唯"打起背包"四字具体而微，可以落到实处。

不比到工厂里"学工"，"学农""学军"往往会到乡下、部队住上十天半月，这就需要将吃饭睡觉的一应家伙都带上。出门旅行携带的东西，总称行李，彼时还有一名，叫"铺盖卷"，正点着行李的"要害"。因行李中最显山露水的，就是被褥。现今的背包族也是铺盖卷随身，甚至还有帐篷——竟是连房子也带着走了。

然当年的装备不能比，睡袋闻所未闻，铺盖卷就是平日在家里睡的被子、褥子。当然可以装入旅行包里，或是弄个包袱皮，往里一裹，但那样太"老百姓"了吧？既是一切向解放军看齐，那么行李的处置，也该像行军打仗时要求的那样，就是说，将随身携带之物打一个背包，双肩背着。

军人的装备里都有专门的背包带——就是两根颜色在黄绿之间的帆布带子，较长较细的一根用以捆扎，较短较宽的一根联结背包做成一扣，用来背。打背包有一定之规，五花大绑，全凭己意捆作一团，即使结实易背，也不算数。

某次学军，如何打背包就成为我们的一课。要领已经忘了，只记得长的那一根带子要弄出许多转折，最后背包向外的一面得横两道竖两道，形成一个“井”字。我在家里就学过，父亲是军人，这一套自不陌生，难得一次我虚心求教，得以重温多年前手艺，似乎还有点兴奋。

问题是我力气小，倘仅是被褥，还能对付，要将所携物品尽入其中，就怎么也搞不定。——背包虽以被褥为主，事实上除了口袋里放得下的，其他一切物品，举凡换洗衣服、手电筒、饭盒、书……都要打在里面，可谓“内容”丰富。属背包组成部分又不裹在里面的，是鞋，标准的样式是鞋底朝外，竖着压在“井”字形的背包带下面。我的胃口还要大，想把脸盆也一网打尽，在电影里看到过的，但这是连父亲也搞不定了。

全年级学生集合出发到部队农场的那一天我很兴奋，看到同学以各种绳子捆扎的奇形怪状背包固然有太“老百姓”的遗憾，一面却因自己那正规的背包带及方整的背包不无得意。问题是这背包实为父亲代庖，及至学军时大家由战士领着打背包，因为手脚笨的缘故，先发优势居然荡然无存。

“打起背包就出发”应该有强调速度的意思吧？反正打背包的要求，结实而外，就是快。检验教学效果，就看多少时间完成。印象中我总是手忙脚乱。从未因此觉得这是吃饱了撑的（事实上学军也很少有吃饱的时候），就像不觉拉练、夜间紧急集合之类人造的“出发”无聊（往往反觉兴奋）一样。但背包却在拖后腿。

好像是因此出过洋相的，但最严重的一次却是在梦中：半夜里忽然哨响，让十分钟内起床打好了背包列队集合。勉强打了个松松垮垮的背包背着急急忙忙往外跑，未几步就散架，书、手电、鞋子，一样一样地掉下来。背包如此，遑论“出发”？

于是我就在梦里挣扎在不能“出发”的惶急之中。

手榴弹

有个朋友，不喝酒，却喜搜集酒瓶。让我看他的收藏，真是五花八门。有几个，做成手榴弹、手雷、军用水壶的模样，无甚可观，生产厂家显然打的是怀旧牌。预想的消费人群，或许是有过当兵经历的人，然而即使未曾参军入伍，“五〇后”“六〇后”，也必会勾起某些回忆，因为那个年代“全国人民学解放军”，在很大程度上，我们过的是一种准军事化的生活。这使我多少有资格对这些“象形”的酒瓶挑剔一二。比如手榴弹，倘商家是想唤起我这么大的人的记忆，那就大错特错，因那酒瓶显然仿的是德制的手榴弹，手柄特别长，弹头下端又稍大于上端，国产手榴弹则是苏制，手柄比弹身长不多少。

最初见到，是在连环画和电影里。若是“土八路”，多半只有一枚，掖在前面裤腰带里，到了解放战争，经常见着正规军了，一排四五枚手榴弹挂在屁股后面。这似乎一直是步兵战士“标配”的一部分。在那个年头、那样的氛围中，几乎所有男孩都巴望能够“全副武装”，惜乎从小学到中学，我们有过无数回的军训，真枪实弹离我们却无比遥远。我们最趋近于军人的“标配”，止于绿色的军挎包和水壶，交叉挂在两边，外扎一条武装带，在当年这已是“潮”得可以了，却还是“扮相”的范畴，从“武装”的角度说，仍等于赤手空拳。

比起枪来，手榴弹似乎更遥不可及——至少有些人，军训时摸过枪打过靶，但我们从没扔过真的手榴弹。在电影里，手榴弹一炸一大片，特别过瘾，另一条，逢弹尽粮绝，或身负重伤，它是“壮烈牺牲”的最好选择，用最后一颗子弹只能自尽，手榴弹则可“同归于尽”，其“壮烈”程度，不可同日而语。故我对手榴弹别有一种向往，曾向带我们军训也指导我打靶的一位解放军班长询问，枪让我们打了，为什么不让我们扔一回手榴弹？他马上正色说到手榴弹的危险性。我还记得他说到了王杰——王杰是雷锋之后又一位家喻户晓的英雄。于是想起他的事迹，他在指导民兵训练投弹时，一民兵拉了引信而手榴弹脱手掉在身边，他扑到上面，为救他人而牺牲。那好像是“文革”前的事，说明不仅解放军，民兵也真枪实弹地练。我们属“未成年”，就只能比画比画了。

论比画，我们摸手榴弹的时候倒又比摸枪多得多。学校的军事化甚至也反映在了体育课上，有个体育项目，现在早已取消，便是扔手榴弹。逢开运动会，报名扔手榴弹的要比掷铁饼、标枪的都来得多。当然，是假的，教练弹。部队平日里练，也是教练弹，还有木制的假枪，前面包着一块橡皮头。我上的中学里也有一样的木枪，体育课上却似乎没比画过，或者就那么几杆，要练也分不过来。手榴弹却多，逢体育课练这个，就从体育室抬出一箩筐。

记忆中，校运动会上手榴弹在投掷项目中最是出风头，因参赛的人多，又往往比标枪、铁饼扔得更远。学校是两百五十米一圈的操场，力大者可以从那边扔到这边操场的尽头，故到比这个，到了最后的关头，只剩几位高手了，就要将这边原先坐着观赛的人疏散。手榴弹在空中翻着跟头呼啸着砸下，虽不爆炸，亦自心惊。

我的上肢力量不足，又不得要领，手榴弹总也扔不远，几回体育课上下来，很是沮丧。当然，还不至于被嘲笑。要看笑话，就该看女生投弹，她们不仅扔不远，而且动作来得滑稽，往往胳膊曲着从脑后往前那么一掼，有时竟离跟前没几步远，有回体育老师就调侃道：这是炸敌人，还是炸自己啊？

游戏人间

下雪了！

下雪天待在屋子里，看窗外雪花漫天飞舞，天地皆在一白色斑点织就的网罗之中。

此时的雪带来的不是天寒地冻的联想，反倒似给屋子里添一分暖意。倘能“绿蚁新醅酒，红泥小火炉”小酌一把，就更是惬意。但这是中年意趣，年轻人不能了然，他们惦着的，或者是盼着雪停下之后去拍雪景。小孩则又不同，中年人的围炉闲话的闲逸之趣于他们固属隔教，年轻人的浪漫于他们也显得太静，最强烈的冲动，便是冲到外面去，投身那个雪的世界。

现今的南京，雪天变得少了，几十年前似乎要多些，但与北方比，也还是稀罕。江南的冬天难熬，不过对孩子而言，下雪似乎是冬天里的一抹亮色，一场大雪仿佛会改变冬的节奏，瑟缩、肃杀的气氛一扫而空，世界忽然有了生气，与之相应的是一种跃跃欲试、按捺不住的兴奋。

每到下雪，小儿必奔走相告，与其说是告知一个消息，不如说是急急道出莫名的兴奋，“下雪了”总是伴以惊叹号，是邀约，是召唤。召唤什么？还用说？——打雪仗，堆雪人啊！

既见雪花，云胡不喜？但是且慢，从下雪到可以玩雪，中间还有一段漫长的等待。前提是要雪能积得起来。最讨厌者，莫过于雨夹雪，饱含水分的雪难成雪花，不是纷纷扬扬地飘落，无风直着下来，有风斜着下来，到地下就化了。都是如此，那雪不就白下了吗？

幸而，终于，有的时候，你见到絮状的雪花飘起来了，轻舞飞扬，那样轻盈地上上下下，嬉戏一般，仿佛可以长久地逗留在空中。这是好兆啊——也难说，没准儿老天爷改了主意，没一点儿提示，说停就停了。

只能是暗中祈祷。白天也就罢了，晚上一念全在雪上，睡觉也不得踏实。下不下雨，可以听声，雪落悄无声息，于是三番五次爬起来扒着窗户往外看。倘发现雪仍在下，又或外面已是一片莹白，自是又有一阵兴奋，倘发现空中已无一物，静止着，则不免怅然若失。如此担惊受怕，真是静静的雪夜，最难将息啊。

事实上即使地上已有点积雪也是不保险的，若气温不够低，说不定第二天的早上，积下的雪已是香消玉殒，早先的兴奋，变作一场空欢喜。所以这时小孩都会一改对冷的痛恨畏惧，忽然巴望气温低下去、低下去。

最美的事莫过于酣然一梦，第二天一觉醒来，见天地皇皇，却白亮得异样：铅灰色的天空，地下比天空亮，满世界是积雪的反光。要说天气能够影响孩童的心情，这时候是绝对的，雪带来满心欢喜。几乎是同时，外面的吵嚷嬉笑声就传过来——是小伙伴们都已出动了。在没有太阳的日子里，那声音却来得特别阳光。这比所有的起床动员都更管用，你会一骨碌爬起来，平时大冷天恋被窝赖床的毛病霍然而愈，起床的那些个程序，刷牙、洗脸、早饭，恨不能一概免去，迫不及待要去赶外面那场雪地上的狂欢，仿佛迟一点儿就没份了。

外面已是热闹得很了，好像所有的小孩都到了外面，雪人已堆起好多，雪团在空中飞行，雪仗经常是一场混战，因为没有明确的敌我双方，冷不丁就有一只雪团向你飞来，你也有可能向任何一个“无辜”的人开火，无须任何理由。

小儿顽皮，常有袭击他人的冲动，不拘所掷何物，常会引发冲突，此时无妨，谁都不恼，雪好像让一切的攻击性都变得无害了。我们寻找一切可以成为目标的目标，比如一辆正在驶过的汽车。找不到目标，也有朝着墙上扔雪团的，或者干脆瞄准墙上一位置比准头，雪团撞在墙上迸散，留下一块粘在上面，于是许多的墙面上布满白色的疤。

须小心的是别误伤窗户玻璃，但似乎是难免的，一场大雪过后，总有人家的窗户会遭受无妄之灾。我有次就误中邻家的窗户，只听“哗啷”一声响，便知大事不妙，与一起在玩的几个愣了几秒钟，拔腿就跑。随后的几天都是绕着走，虽然遭殃的那家人并没有追查。有次远远地经过，看见半截玻璃还在，整个那一格却从里面用牛皮纸糊上了。这也是当年常见的处理方式，因配块玻璃并不是件容易的事。

当然是有点歉疚，但闯祸的恐惧太强大了，大到没有认错的余地。我也不能说一团高兴就此蒙上了阴影，只要离开犯罪现场，便又可以高兴得忘乎所以。这兴头可以带到学校，事实上早早奔到学校去疯也是个不错的选择，那里有空阔的操场，有更多的人，狂欢嘛，人越多，越热闹。

当然，课是要上的，这课上得比平时更心神不定，到了课间，便可以有一阵释放。放学之后就更可肆无忌惮，平日玩什么的都有，此时雪则成了唯一的主题。玩什么都成为变相的玩雪。比如一拨人跑到操场去踢足球，厚厚的雪覆盖着，球落下来砸个坑，贴着地则根本不走，于是踢球变成追着球一拥而上的嬉闹，但这好像比正经踢球更让我们开心。不断地有人滑倒或被撞翻，人仰马翻，恰好就是最开心最让人乐不可支的局面。

若是从坡上往下滑，摔得四仰八叉也是不可免的。随便弄块厚点的板子坐在上面往下滑，便有了最原始的雪橇。盘腿坐在上面，要在快速下滑中保持平衡，殊非易事，往往没到一半便已歪倒一边，手忙脚乱要止住人往下翻滚，狼狈之极，但我们乐此不疲，人人都比平日勇于冒险，甚至故意就地十八滚式的滚下坡来，因为摔不疼，也不必担心脏了衣裤回家挨骂。在雪的世界里，好像平日的规则都变了。

可惜天下没有不散的筵席，雪总是要化的，不化就不是雪了。江南的雪，再大也积不了多久，几个晴天丽日，便会融化而归于乌有。白色一点点缩小，地面一点一点暴露，周围的一切又回到它的本相。而且会有那么几天，尽显雪后的肮脏，泥泞、污秽，那不洁比平日更有一种裸露感。冬天的太阳很是难得，然在大雪过后，最不愿见到的，就是它了。

蚕

《双城记》开头狄更斯那段话这几年已被引滥了。说我那辈人生在“最好的时代，也是最坏的时代”不合适，因为只见其“坏”，“好”则无从说起。不过从孩童的角度看，也不是完全不能成立：“坏”不用解释，我们被要求像成年人一样去“革命”“斗争”，甚至儿歌也是政治化的“中国有个修头头，混进党里头”之类，那是一个禁绝娱乐、没有书甚至没有玩具的年代；所谓“好”则是说与今日从幼儿园起就已开始被逼着应试的孩子比，我们几乎没有任何课业的负担，可以肆意地玩耍。

人之初，性本玩——游戏是天性，也的确是我们生活中的主旋律。没有玩具，我们可以把不是玩具的变为玩具，没有正经游戏，我们则可让许多事情都带上游戏的色彩。这里面捉虫来玩算是一大项，水牯牛（即金龟子）、纺织娘（蝈蝈）、蚂蚱、知了都可充当玩物，当然还有蛐蛐。这些昆虫大都有一技之长，或会叫，或好斗，或善蹦跶。虽然“取材”相当之“广谱”，被拿来者却有一共通性，即都是甲虫，蠕虫是不取的，因为肉叽叽蠕动着看了让人不舒服。照说蚕也是蠕虫，一样地臆怪，我们会另眼看待，显然是因为它会结茧，我们已经不当它是“虫”了。

农家养蚕女，称作“蚕娘”，养蚕作为一项劳作好像更多与女性关联，但小时周围的小孩不分男女，都有过养蚕的经历。养蚕其实颇需耐心细致，男孩好动，不像是“性之所近”，但因是当成“玩”，就另说了。都是“养”，养蛐蛐养蚕完全是两个概念，前者是从墙角野地里掏摸来的成虫，已是“来之能战”型的了，所谓“养”其实是让它坐监，据为已有，随便给点吃的而已；养蚕则名副其实，是“饲养”“养育”的养，重点就是喂食，从蚕子出幼虫到吐丝结茧，要照看一生的。

有人是从别人那里拿了幼虫来养，我喜欢从焐蚕子开始——由芝麻粒大的扁圆的一颗子，变成蚂蚁般大的会动的虫，这过程太神奇了。得在一定的温度下，子才能变成虫，气温低盼它快点变，就要去焐它。家家都用饭焐子，将一纸蚕子放进去，借焐饭时的余温，是个选择，此外我还曾经带在身上，用体温来焐它。带在身上还有其他缘故：我总想看到关键性的那一刻，用文艺腔的表述，就该说是“见证生命的诞生”。就像看到花时花已开了一样，我仿佛总是错过那神奇的瞬间。同样的好奇同样的不幸屡屡发生，邻家有小女孩，因要看着蚕子变“活”不肯睡觉，大人答应到时喊她方才睡去，谁料第二天起来，大人端来给她看，小蚕已是四处爬了，她便号啕大哭起来，坚称她要看的“不是这个”。

好像商量好了的，所有的奇迹都选择背着小孩悄悄地发生。那一回蚕子焐在身上，我一直惦着，上课心神不定，时不时拿出来看一下，担心它受凉，很快就放回去，回回看都是依然故我。但百密难免一疏，仿佛你就少看了那么一下下，它说变就变了。事实上那次最后也不是我发现的，是下课后，我已暂时忘了这茬，在跟同学嬉闹，有个女生忽然大叫：“虫！”——是我身上的蚕子已然“变”了，有几条小蚕爬到外面来，身上、衣服上都有。几个女生同时显出一副嫌其恶心巴拉的夸张表情，我顾不得安顿自己未能亲见那一刻的失落，连忙捍卫自己的名誉，声明那是蚕。没用，那几个还是掩目而去。

至于吗？看来同样的东西是否出现在它该出现的地方，会引来完全不同的反应，你看小女孩对着盒子里一大片蠕动的蚕，脸上写的都是“爱心”，哪里会嫌弃、害怕？事实上男孩往往倒是不那么愿意亲近的，特别是给它们换纸的时候。在家养蚕，通常都是弄个盒子，鞋盒、盒盖什么的都行，下面会垫张纸，蚕在上面吃喝拉撒，过几天就要换。我烦的还不是一条条拈起时的麻烦，是拈起时的臆怪感，这时蚕就又是蠕虫的概念了。而且轻重不知如何拿捏，深恐手重了捏出浆来，我就见过一条肥肥的蚕在一同学手中遭到了如此下场。女孩则好像天生就细心知轻重，且面对“蚕宝宝”时，再不想它是蠕虫了。

心性不同，养出蚕来，高下立判。我母亲每逢看到我养的羸弱的半死不活的蚕，总会唠叨一亲戚家的女孩如何养得好，还会叹息“作孽哦”之类。某次到那亲戚家做客，我就特意去看那女孩养的蚕。她养得多，用一只筛米粉的匾盛着。白的，还有黑的蚕，大把的桑叶匀匀地撒上去，把蚕们遮没了，只一会儿工夫，桑叶上就开出天窗，露出蚕的头，随后小洞就迅速扩大，桑叶的阵势不成形了。蚕们只管自顾自孜孜不倦地闷头吃，一片沙沙之声。她关了门让我不要出声，问那声音像不像下小雨，还真是像。

参观即毕，我大感惭愧，但也没有“见贤思齐”的打算。倒是第一次注意到蚕的吃相。后来在什么书里看到对蚕的描写，很抒情，赞它们如何如何的勤劳。应是说吐丝结茧的，我不知怎么脑子里尽是吃桑叶的画面，因想：勤劳什么？不就是不停地吃吗？这么点大小东西，一顿要吃多少啊，也不怕撑着。猪一天到晚吃，就说它懒惰，蚕也吃个不停，怎么就落了个好名声？

也就是一时之念，并不当真是要替猪打抱不平，对蚕也并不怎么反感，想得起来时，照样想着法子去给它弄桑叶。

既然到了养蚕季节，无待动员，好多小孩都玩这个，桑叶一时间自然成为紧俏货。男孩们经常把家里还养着蚕这事给玩忘了，但在学校总会有人说到，忽然想起，便满校园子找桑树。我的小学校园里有两棵桑树，一大一小，小的那棵届时必被薅得不成样子。大的那棵太高，即使有人猴上去摘，最顶上的也够不着，一番劫掠过后，就像剃头剃了一半，下面像狗啃，上面剩了顶盖。这两棵树是兵家必争之地，难免起纷争，纷争还分内部外部，内斗是一个班上的，各人抢各人的，外斗则是同班一伙人霸着，不让外人染指。有一次两伙人在大桑树下对峙，我们的对立面坚称他们先到，有几个在动手摘，另几个布警戒线似的，推搡试图接近桑树的外人。任我们怎样晓之以理，说桑叶还多，够分的；或动之以情，说我们的蚕要饿死了，他们就是不让，两边差点要打起来。

当然，互相帮助的事也是有的。班上有一同学住在五台山，资源丰富，仿佛有取之不尽的桑叶，关键是他总记着，上学时书包里、口袋里，塞得鼓鼓囊囊。他在班上平日没什么人搭理，这时就成为极受欢迎的人，甚至有女生向他讨好。另有一人，是重“利”不重“名”的，奇货可居，要人拿香烟纸、画片什么的跟他换。有五台山同学高大形象做对比，自然受到鄙夷。但他的交易也成功过几回，他告人他那里都是好货，全是嫩叶。同时还要暗损对手，说那些老叶蚕不爱吃啊。

蚕也真是能吃，须得源源不断地供给。尤其是长大之后，仿佛给多少桑叶都不够吃。饿了便昂起头来，缓慢地转动，因不会出声，状尤可怜。既不出声，以“嗷嗷待哺”来形容是不对景的，可后来学到这个词，联想到的，首先倒是昂着头的蚕们。我的邻居玩伴比我目睹过更壮观的饥饿场景。他家兄妹几个，原是各养各的，后来合到一处，好多好多，到蚕要“上山”时，保证桑叶供给更成为一项繁重的任务。有天晚上大人就埋怨:“养这么多!——蚕要饿死来了啊!”哥几个跑过去,眼前是一片昂着的头。其时已是夜晚,下着雨,情急之下也顾不得了,大的领头抓起手电筒就往外冲。桑叶是采回来了,付出的代价是都淋湿了衣服,还有一人在山坡上滑倒,滚了一身的泥浆。大人数落之际,他们的“爱心”都被忽略不计了。

这是蚕“上山”前夕的事,就是说,蚕很快就要吐丝结茧了。我对蚕的兴趣事实上只在两头,一是由蚕子变为活物,一是看它“作茧自缚”。从蚕蚂蚁大时开始,我就已盼着看最后的一幕,中间那一段恨不能一起省掉。可惜以我的粗心大意加懒惰,我很少有机会等到那一天,养的蚕多半还没“上山”就已经夭折了,或是饿死,或是遭了阿猫阿狗的侵袭。只有一回,终于撑到了蚕开始吐丝。蚕的身体开始发亮,仿佛半透明了。听大人的吩咐,给它们用小树枝支起“窝”。蚕便络绎不绝地吐出丝来,渐渐地就有一个半透明的卵形出现,如同薄纱的帐幔,在外面可见蚕在里面缓缓地俯仰,那样子,说不出来是痛苦还是慵懒惬意。到后来茧子一点点加厚,蚕终于在里面消失了。

我的养蚕游戏到此便告结束,最多结过两三个茧,再不去管它,总是隔些天大人不耐烦地提醒我倒掉,此时我没打算看到的“破茧而出”的一幕已经发生,茧被咬破,养蚕的盒子里一片狼藉,你唯一的冲动就是赶快连盒一起扔掉。养蚕一场,比较光鲜的收梢我都是在别人那里看到的。那是一些漂亮的蚕茧，白色的、粉红的、黄色的、金色的，有一层莹洁的光亮。女孩还可以继续玩下去，比如从茧上抽丝，绕在铅笔杆上或窄窄的硬纸板上。

我的一位老同学好多年后还告我当年在女生中盛行的一种对蚕的“暴行”——到了蚕们开始吐丝之际，不让“上山”，用张纸蒙在小板凳上，捉几条蚕放上面。蚕的所谓“上山”就是找地方结茧，就像是挂果，若是人不给它搭“窝”，蚕便找个犄角旮旯自己经营。小板凳上平坦如砥，根本寻不着地儿，待想爬出这一无依傍的平面，守在一边的人又硬将其捉回。无处可去，丝又不能不吐，只能一边爬着一边就地吐出。吐完了，纸上便结成一层丝的“纸”。女生们常拿着“纸”互较高下，迎着亮，那丝吐得厚薄均匀的就大可得意一番了。老同学回忆这情节，直说当年的“残忍”，大有忏悔的意思。照她的形容，遭了毒手的蚕们简直是生不如死的样子。而懵懂的少年时代，真是“动物凶猛”啊。

这些却是男孩不与的了。我们的作为更多地定格在这场游戏中大开大合，带有“尚武”色彩的部分，爬高上低采桑叶，翻墙进入有桑树的院子，当然是我们的份内事，我们的暴力倾向不会有如此阴柔曲折的表现，通常是更直接的，比如卸下蚂蚱的腿，让青蛙鼓气而后踩上去之类。

至于蚕们怎样才算修成正果，是化为在人眼中漂亮的蚕茧，还是像在我手下那般破茧而出，扬长而去，那就要看怎么说了。

捉知了

夏天捉知了似乎是当年小孩们季节性的乐子之一。那时不分男女，孩童是经常与昆虫为伴的，举其作为玩物而较普遍者，就有蝈蝈、蚂蚱、水牯牛、蟋蟀、蜻蜓……

捕捉昆虫，用南京话，可大而化之称为“逮”（读如歹），也可强调捕捉时的动作，如蚂蚱曰“扑”，蟋蟀说“掏”……捉知了则不好一言蔽之，因知了有在地下、树上之分，蛹的阶段在地下的洞里，羽化之后即移居树上。两个阶段的知了，我们都不会放过。地下的知了雨后特容易暴露，这时会有小孩在潮湿的泥地上闷头逡巡，仿佛工兵在探地雷，用树枝戳戳捣捣，你可以很容易就寻到一些比拇指粗些、直上直下的圆圆小洞，只是这样的洞都是“人去楼空”，知了已爬走了。

倘洞口沿尚掩着，树枝戳到那里有点虚，那就有戏，多半可以堵着知了逮个正着。小洞狭而深，手探不进去，知了龟缩其中，“掏”的动作无法施展，往往需要将其掘出，故谓之“挖知了”。——好好的地上弄出一小堆一小堆的新土来，那肯定是小孩干的“好事”。

比起来，寻到长了翅膀的知了更须眼尖，附在树上的知了不那么容易发现。当然知了不甘寂寞，经常处在放声歌唱的状态，完全没有韬光养晦的意识，这时循声跟过去，最易发现它的踪迹。上树麻烦，还会有打草惊蛇之虞，故通常的法子，是用一根长竹竿，有时是两根三根接起来，顶端绑缚铁丝一类的细硬之物，上粘一小块面团，瞅准了知了探过去。

知了反应迟钝，若是鸟雀或其他昆虫，也许早已逃之夭夭，它却常被粘个正着，即使正在歌唱的间歇状态，这时也必挣扎着大放悲声，却哪里逃得了？收回竹竿，蝉声一下由远及近，又是声嘶力竭地聒噪，真正是“蝉声盈耳”。

这与“挖知了”相对，亦有专名，叫作“粘知了”。令知了就范的小面团叫作面筋，寻常面团没有那样的黏度。得将面团在水中反复地揉洗，混合了面粉的浑水一遍遍地倒去，带走面粉中的淀粉，最后水是清的了，便算大功告成，所得面团光光滑滑，表面再无粉附其上，却很能粘物，且有弹性。

“濯尽柔面，则面筋乃见”，着实不易。我们倒不怕过程的麻烦（因这过程本身也是“玩”），而是面粉的来路：如此“沙里淘金”似的濯去面中之粉，一块小小面团，要耗去一小碗面粉，不少人家，大人会视为浪费——也是，较次的标准粉也要一角八分钱一斤，比米要贵。吃饱尚成问题的年头，为了玩耍，委实有点奢侈。

所以为了粘知了的活动得以进行，小孩常为此和大人泡蘑菇，也有料知求爹爹告奶奶除了讨骂之外再无所获的，干脆就下手偷了。事情败露被大人打骂罚跪，也是有的。

恶作剧

《聊斋志异》里写婴宁：“观其孜孜憨笑，似全无心肝者，而墙下恶作剧，其黠孰甚焉！”寥寥数笔，其人如在眼前。有部词典里说，“恶作剧”的出处就在这里，且有如下释义：“捉弄人的使人难堪的行为。”我觉得还可推敲：须强调玩这把戏的人并无恶意，即是说，恶作剧并不恶，一有恶意，则不复为恶作剧。也有恶作剧引来了恶果的，不过那是失控所致，绝非初衷。

恶作剧的内里是游戏，最需游戏心态。最具游戏心态的人群，乃是孩童，故成人中虽不乏好为恶作剧的人，最乐此不疲者，还是孩童。游戏之所以为游戏，妙在无目的，就为了好玩儿，纯粹是寻开心。小时常以吓唬妹妹为乐，若被老阿姨撞见，她必要呵斥：“把她吓哭了，你长肉啊？！”这只能说明，老阿姨对游戏精神完全不能领会。

吓唬人似乎是当年孩童中最盛行的恶作剧，不分男女，一概乐在其中。从某个隐蔽的所在突然跳出来，大叫一声，或是晚上开了手电筒，让头脸出现在光柱中，拖出一条舌头来，都能制造出惊悚效果，点颗鞭炮扔在女生的脚边，轰然一响，更是屡试不爽的勾当。看到“受害者”一惊一乍，等着看笑话者兀自乐不可支，遭女生唾骂也仿佛是一出好戏的组成部分，而且越是恼怒，成功指数越是高。相反，捉弄的对象并不惊慌，或一吓之后淡然处之，那才是大大的扫兴。

这些是“不及物”的，另有一些恶作剧则属“人身攻击”的范畴了。大冬天搞突然袭击，将冰冷的手塞人脖子里去，或干脆塞个雪球进去，叫作“吃冰棒”，非常之盛行。另一项普及率极高的勾当是团伙行为，甲在身后削人一个头皮，待被袭者转过头来，甲一脸无辜，任他去猜疑乙丙丁戊，那几个当然不认账。用弹弓偷袭一下，装得若无其事，等着被射中的人一脸茫然，属类似的“创意”，其关键均在旁观者不说破，咸与同乐，说破就煞风景了——都是好事之徒，没心没肺的年纪，谁会检举揭发呢？

更复杂一点儿的恶作剧就有设局的意味，比如将教室的门关掩着，在门与气窗之间架上扫帚，只要有人从外推门进来，扫帚便落下，落得巧，就正砸脑袋上。倘有固定的目标，就要选择恰当的时机赚其入彀中，逮谁是谁固然也开心，砸中了你想捉弄的人却更有成就感。但意外之事常有发生，有次我们刚刚安顿好了扫帚等着看好戏，班主任进来检查卫生，不幸就中招了。

恶作剧通常都带有以众欺寡、以强凌弱的意味，但相反的情形也不是没有，只是要冒一定的风险，不过有风险，刺激性也加倍。上中学时，有年暑假几个人在学校值班，扛着木头枪在校园里巡逻，到单身教师宿舍那边，听有间屋里一位张姓老师在和一女的说话，想起当时的传闻，他正谈恋爱的，忍不住要哄一下，于是在他窗下装神弄鬼，有大声咳嗽的，有学狗叫的，还有一哥儿们捏着嗓子喊：“张 ××，你妈喊你回家吃饭！”就听里面拍桌子一声吼：“哪个在捣蛋？！”哥几个立马拔足狂奔，跑出去老远，见后无追兵才停下脚步，喘息未定，兀自兴奋不已——捅了老师的窝子，还对他直呼其名，实在太刺激了。

但这上面我们实在算不得高人。公认最妙的一出恶作剧是班上一赵姓皮大王导演的。有个老师特严厉，似乎总是绷着脸，考试时就绷得更紧。不仅望之俨然，而且虎视眈眈。不止一人因传纸条被他逮到过。赵姓同学这回几度蠢蠢欲动，自觉终不能摆脱监视。忽地心生一计——我可以打包票，绝对是即兴的——他擤了鼻涕在纸上，弄成一小纸团，作势偷偷扔出去。老师自然看到了，过去拣起，且不打开，眼看着老师对全班道：“不要自作聪明，以为我看不到？！”因人赃俱获不免面有得意色。言毕才徐徐打开纸团。接下来的情形对双方都很艰难：老师对着鼻涕满脸红涨，一时又不便发作，赵姓同学与旁边一两个知情的简直要乐疯了，却又不敢笑，也憋得受不了。

后来赵同学还是被喊到办公室被教训了整整一节课，还被勒令写检讨。但他回到教室时却是得意扬扬，仿佛王者归来，因为他知道，他导演的那一幕，注定要成为“美谈”了。事实上他的恶作剧的确也很快传遍全年级。

反派台词

二〇〇四年在海南开一个会，从三亚开到海口，车上无聊，有位与我同龄的老兄开始显摆记忆力，样板戏、语录、诗词、“老三篇”，真是“滔滔不绝”。我自愧不如，回头想想，能脱口而出的，倒也不在少数。不由要慨叹，被动记忆知多少？五〇后、六〇后，大好的记忆力，就被这些玩意儿占据了。

但主动、被动有时也是分不清的。倘并未想记住，又没有外部力量强制你记而你记住了的，居然多年不忘，那算是主动、被动？ 我们记下的好多电影台词便是如此，“随风潜入夜”的性质，没谁让记，居然都会。

尤其是反派角色的台词，四十多年过去，逢老同学在一处，提个头，你一句我一句，能来上许多。我心里笑说：“这就叫‘沉渣泛起’啊。”

我们都能记得，要拜那年头文化生活匮乏之赐，以电影而论，“文革”十年，拍的新片不出二十部，加上进口的，“文革”后期解禁的老片，拢共也没多少，差不多我们都看过，看的都是一样的，于是诸多反派角色的台词便成为共同记忆的一部分。

事实上倒也并非有意奔着反派而去，正面人物的台词，比如《宁死不屈》中游击队员的接头暗号，“消灭法西斯——自由属于人民！”，《英雄儿女》中的“向我开炮！”等等，都是那一代人熟知的,《列宁在一九一八》里的“面包会有的,牛奶也会有的”更是在无数的情境之下被活学活用过了。

未必反派角色(包括落后分子)的台词也就更“深入人心”,不过就量而言,似乎仍是这一类台词被传扬者更多。“文革”前的电影,正面人物多少还有点人味,“文革”中拍的电影,正面人物朝着“高大全”一路狂奔,几乎所有的台词都在“讲政治”,味同嚼蜡。我们钟情反派台词,倒也不是要消解什么,好玩儿而已——少年心性,最好恶作剧,而模仿反派本身就有恶作剧的意味。

即使并非反派的台词,也可以“因地制宜”让它变得有滑稽意味。《海港》里老码头工人唱词里有“大吊车,真厉害,成吨的钢铁它轻轻地一抓就起来”一句,本是描述港口新气象的,我们会在起哄摘人帽子时用上:前面摇曳地唱着,站人身边,到“轻轻地一抓就起来”忽然从重从快地唱,配合着唱劈手就将人帽子摘了。这一出见过好多回了,现在想来没什么好笑的,当年这把戏却能让我们嗨得不行,好像是说相声抖响了包袱。

《地道战》里刘江那句拍马屁的“高,实在是高”,男生中怕是谁都模仿过。要想出人头地,让大家认可你的模仿“实在是高”,当然要尽量在声调上学得像,《决裂》里那段“马尾巴的功能”,就得拖腔拖调地讲,《青松岭》里一句“青松岭的鞭子姓钱”一句,得意劲儿出不来就没意思了。

但是更高的境界是“触景生情”,把单纯的模仿变成“用典”。“用典”当然也有高下之别，像求人帮忙时来一句“看在党国的份上，拉兄弟一把”这样的，就用得太滥，相比之下，有次下大雨，我们几个男生在教室里借着雨声嚷嚷“下吧下吧，下他七七四十九天我才高兴呢！”，就要切题得多。这是《战洪图》里一坏分子的诅咒，咬牙切齿，有与汝偕亡的恨意。我们当然并不“包藏祸心”，不过是巴望学校停课罢了。

从切题的角度说，初中时一位赵姓同学的即兴表演也许更出彩。那一回他因看手抄本或是别的什么事被告了，在办公室被训了一通。他犯的事多了去了，债多不愁，大摇大摆回到教室，借《闪闪的红星》的台词表演他的不在乎：“我胡汉三又回来了！谁拿了我什么，给我送回来，谁吃了我什么，给我吐出来！”不幸的是，班主任前后脚又到了教室，听个正着，于是赵同学未及完成对拟想中的告发者的威胁，又被带回教师办公室，改演二进宫了。

睡午觉

被大人逼着睡觉，或是哄小孩睡觉，于双方都是一场折磨。两种苦头我都吃过——当然，不是同时。或许孩童时代的感觉更为锐利，被逼之苦要比哄觉之累更来得记忆深刻，虽然照时间远近去算，似乎后一种苦头更应记忆犹新。

你若问一小孩，人生诸事当中最不欲者为何，没准儿他会说，睡觉。彼时我们若知道古人早有“昼短苦夜长，何不秉烛游”的感慨，必是心有戚戚——白天整个是玩不够啊。然而不拘家长、老师，对睡觉一事特别看重，吃饭之外，简直就是头等大事。

晚上早早被拘到床上去不必说，中午亦勒令睡觉。到了夏天，睡午觉则带有了更多的强制意味。这是有制度为后援的：连大人的午间休息都留足了午觉的时间，你待如何？这是我小时最最痛恨的，本来就嫌昼短夜长，还要硬生生从白天剜去一块，于情于理，说不通嘛。

也不知大人怎么想的（他们周末睡到“自然醒”的幸福当非我辈所知），不依还不行。小学低年级的阶段，为逃避家中大人的临管，我常吃完午饭即早早到校，有时还约了同学一道，憋足了劲要在校园里疯。但往往一入校门便被拘到教室里，不准出去，要趴在桌上睡觉，睡不着也得趴着，不许出声，还不许抬头。有老师在前面看着，稍有异动就喊："某某，头埋下去！"当其时也，偌大校园阒无人声，唯听知了在树上扯了嗓子叫。只有一两次，我们逃过了在校园里巡视的老师的目光，隐于僻静处，逃过了午睡。

再往前推，幼儿园的午觉更痛苦。有床，因此是更正式的"睡"，监管的力度更大，对"睡"的要求也提升到无以复加的高度，必令睡着才算数。最糟糕的是，你根本没有逃避的可能。以孩童心性，不是困到睁不开眼，恨不能一天到晚上演大闹天宫，哪肯轻易就范？个个蠢蠢欲动，形成按下葫芦起了瓢的混乱局面，到最后自然是保育员拍桌子打板凳，武力镇压。

据说"哪里有压迫，哪里就有反抗"，但若力量对比过于悬殊，反抗就注定是徒劳的了。我的反抗只能在肚里，更多地酝酿出对午睡的敌意。高压之下，大多数人都老实了，继而也就呼呼睡去，我还在辗转反侧。但是翻来覆去也是不允许的，保育员会走过来低声呵斥："人家都睡了，你还动什么动？！"

睡不着而不许动，在我看来，虽不是酷刑，也相去不远。一度我会不时地举手，要求小便。这是法所不禁的，于是被恩准下床到墙根前的一排痰盂那儿去，像监狱里一次小型的放风。但这把戏很快被识破，或者不许去，或者更糟——有次保育员似乎执意要当场戳穿谎言，准了，却跟过来，道："倒要看看你真尿假尿！"天可怜见，内急了是将尿憋回去，我那次挣得满脸通红，却是想尿出尿来。可想而知，在她严厉目光的注视之下，我的努力归于失败。结果是，我被罚站了很长时间。

在我看来，另有几次罚站，更属无厘头。因“不老实”，我已成重点关照对象，保育员在我们的小床之间巡视（不时诈道：“有人还睁着眼啊！”），到我那儿必详加考察。每当此时，我会赶紧闭上眼假寐，但这是逃不过她的法眼的：“装什么装？！眼球直动——没睡着，以为我不知道？！”既然躺着难受，她便成全我站着去了。

睡不睡是态度问题，能否睡着却是听天由命的事，硬令睡着，太强人所难了吧？午觉因此成为我在幼儿园最难挨的时光。那时我甚至怀念起不上幼儿园的日子，虽也逼着午睡，防范要松得多了，时或有机可乘。

有一次大人都睡了，居然让我悄悄溜出家门。直到下楼到院里，后无追兵，有一种类乎越狱成功的兴奋。但一团高兴很快化为乌有，因为楼里院里转了一圈，一个人没见着。其时我家在中央饭店，民国建筑，虽只有四层，却是南京数得着的高楼。太阳热辣辣地照着，院里的水泥地白花花一片，亮得刺眼。平时总有小孩在嬉戏打闹，这会儿必是都在各自家里被逼觉。

我不甘心回去，就到大楼侧面阴影里坐着。百无聊赖，过一阵就蔫蔫地打瞌睡，身子前倾，一冲一冲的，一个激灵醒过来，抬头看看天，就觉头晕眼花。这时忽然看见楼在摇晃，庞大的恐怖一下将我攫住，我愣了一下就跳起来，开始在院里疯跑，大呼：“楼要倒了！楼要倒了！！”

当然，是幻觉。一分钟不到，我就被传达室的人喝止，捉将楼里，送回了家。

童心

李贽的《童心说》大大地有名，文中将童心说得无般不好，几乎就等于至真、至美、至善的境界。至真不假，“天然去雕饰”嘛，以欣赏的眼光去看，当然也就是一种美，说善就未必了，善乃是道德的自觉，小儿就跟小兽似的，哪里有？一任天真，可以说成“天真未凿”，另一面说就是“冥顽不灵”。

比如说，以我的经验，童心的一个重要面向，就是“幸灾乐祸”。有道是“水火无情”，失火淹水之类，属地道的灾祸吧？碰上了成年人或者要唉声叹气，愁眉不展，小儿则绝对是“喜闻乐见”。失火的事没怎么遇到过，下暴雨淹水的事则在南京几乎年年要上演，严重到一定程度，称为“发大水”，我记得每到此时，小孩一概欢欣鼓舞。越是年岁小的，越是兴奋，若因水患严重学校停课，相互间奔走相告，那一脸喜色见出的，绝对是“发自内心的喜悦”。上初中有次下暴雨，听说长江里的水快要漫上来了，我还呼朋引类，几个人骑自行车赶到江边专程去看“发大水”，那心情，就像去赴一场盛大的嘉年华。

这样的雀跃之情，从五六岁时我们已有领略了，只不过那时限于在家门口“玩水”，弄些瓶瓶罐罐兜来兜去，叠纸船让它漂浮在积水上，等等。每每有大小孩炫耀见过的世面，说某次水如何把地下全淹了，水深到可以划小船，小小孩必是一脸的向往。有年夏天我们院子淹了，水有半尺深，我满以为好时光来了，兴头头费好大劲把家里的大澡盆搬出来，谁知那木盆太重，不要说载人，它自己就坐在水底了，让人大为扫兴。

后来有一部叫作《战洪图》的电影，人定胜天的抗洪故事，里面有个坏分子，倾盆大雨中阴险地诅咒道："下吧下吧，下他七七四十九天我才高兴呢！"这台词成为我们在"发大水"之际最喜挂在嘴边的口头禅，仿佛那阶级敌人的话倒最能传达我们的"心声"。

唯有一回，我的幸灾乐祸之情稍稍受挫。

那年夏天水特别大，家门口随家仓那一带地势低洼，宽阔的马路成了一片汪洋，快车道慢车道之间的安全岛都消失在水中。有俩哥儿们对家里撒谎，说学校没停课，硬是远道涉水到我家来玩，当然要以水为主题，而且不整出点花样来就对不起发大水背景下的这番"聚义"了。

也不知是谁出的点子，要给骑车的人来个绊马索，令其人仰马翻。于是瞅着不见行人、冒着还在下的雨冲出去，弄来好多块砖在街对面的慢车道上排成一行，形成路障。原先站着排，担心在水里站不住，就都卧放。水总有半尺深，表面根本看不出有何异样。安放已毕，我们便躲到一边等着看戏。过好一阵，才见有一青工模样的人从远处过来，有水的阻力，原是骑不快的，那愣头青好像比拼蛮力似的跟积水较劲，居然骑得蛮快。到跟前就听“咣”的一声，人摔下来，成了落汤鸡。

恶作剧得逞，我们好不兴奋，却不敢出声，捂着嘴把笑憋回去，个个耸肩缩脖红头涨脸，憋得肚子疼。那人起先以为是碰了块石头什么的，湿漉漉爬起来，端着胳膊自认倒霉，待推车要走时才发现蹊跷，立时火山爆发，四处望着破口大骂，苦于找不到对象。我们缩了头大气不敢出，直到那人骂骂咧咧骑上车走了，才松口气，笑做一团。

初战告捷，兴奋升级，见那人没影了，我们又从掩蔽处跑出来，将被那人车子冲歪、还有他气愤中捡起扔到一边去的几块砖归位的归位，放正的放正，像是维护设备，而后就等着下一个猎物。过了好一阵，又有一自行车出现，骑车的是个戴眼镜的中年妇女。骑得很吃力，也很慢，我们不免有几分失望，认定不可能像前一个那样“摔个炫的”（跌得重、狠，结结实实之意），因此也就不过瘾。

那人到我们的“绊马索”那儿还是倒了。倒得慢，起得也慢，站起身且不扶车，站在水里半弯着腰，一手撑在腰眼那儿，不知是不是闪着了。我们几个面面相觑，高兴劲儿忽然没了。一个问，要不要过去帮她把车扶起来，正犹豫间，她挣扎着把车扶起了。我们松了口气，一个问，能自己把车扶起来，应该不会有什么大不了的吧？却见她倚车站着，好一阵仍不走，像是很痛苦。我们又不知如何是好了，想去帮她（虽然也不知该怎么帮），又怕她怀疑就是我们干的坏事。

最后议定，若数到一百她还站那儿，我们就过去，不管其他了。数到将近一百时，她走了，推着车蹚着水，没骑。随后我们就作鸟兽散了，一场水中游戏，不了了之。放倒前面一人我们兴高采烈，这会儿却都蔫头耷脑的，与平日闯祸的忧惧又不同，像是隐隐觉得干了“坏”事。虽如此，我却怎么也想不起，分手之前我们有没有拆了那路障。

几十年后想起这一茬，乃是因为前一阵南京突降暴雨，到处淹水，仙林那边，顿成泽国。仙林外校的一拨外教大概是没怎么见过大水，兴奋地套上泳衣在校园里戏起水来。图片在微信上疯传，称奇之外，不少人点赞，赞其童心未泯，更有升格的议论，称老外才有这兴致，国人早就未老先衰，何来童心？因想童心的勃发是有条件的，老外到中国教书，旅游似的，因其无忧无虑。而且成人童心未泯，人畜无害，“原生态”的童心则有时真是天然的。

砸砖头

“砸砖头”听上去怎么也不像是一种游戏的名称，但的确是的。

建筑上用的那种红砖、灰砖，北京人称作“板砖”，南京人说砖头，指的就是这个。砌城墙用的那种大砖，就叫作“城砖”了。我小时并不是一个大兴土木的时代，也不知为何，砖头随处可见，夸张一点儿，就可形容为“俯拾即是”。也许正因不难“信手拈来”，砖头常被挪作他用。拿来垫个床脚什么的不算，我所知道的用途就包括：在水泥球台上横着立起来充当球网；上菜场排长队买菜人暂时离开时充当替身；打架时抄起来当凶器……

这末一项很暴力，断非现而今网上盛行的“拍砖”可比，那是“及物”的，而且经常“及”的是脑袋。打架有有备而来的，也有即兴的，前者经常是群殴，砖头放在挎包里背着，大打出手时抡起书包是一法，取出来照人脑袋上拍过去又是一法。即兴的打架属突发事件，大多是情急之下从地上抄起砖来，只能是后一法。也不至于都弄到脑袋开花，很多时候，手中砖头好比冷战年头大国手中的核武器，战略威慑作用远大于实战。往往是吵架在先，一方持砖在手，另一方并不退让或想着防护，第一反应是眼往地下四处看，以最快的速度也抄起一块砖来。我有过一两次这样的经历，砖拿在手里脸红脖子粗的，心里却是发虚，对方大概也差不多，最后没打起来，止于互相恫吓。不能因此就说砖头闲置，它战略上的威慑作用不可小觑，大体能维持住某种均势，虽然有时似乎成了恶吵时仪式性的部分。

这当然不是我所说的“砸砖头”。即使从动作的角度说，其间的分别也是明显的：不论打没打起来，砖头作为凶器都是不离手的，是拍对方，而不是扔出去砸他，“砸砖头”的关键，则恰在于抛掷，在于抛掷时的力道和准头。所需的器具再简单不过，就是砖头，须得两种，一种整块，一种是半截砖。玩时自定义一段距离，整块的砖竖起来放在远处，人站在划定的线后面，拿半截砖抛向竖着的整砖，以打中令其倒下为目的。找不到整砖，用半截砖竖那儿也行，你的“本砖”则必用半截砖，一则整砖不好抓拿，二则扔不远。没有现成的，就得把整砖敲断成两截，太碎也不行，分量不够。有时为了“制造”出一块合用称手的，会弄坏好几块整砖。我估计那年头为玩这游戏被肢解的整砖，不在少数。

半截砖在手，都是以手托着下面比画几下，从下手抛出去，并非扔手榴弹似的抡开膀子从上面出手，这也是因为砖头不好抓握的缘故。击倒了当靶子的砖之后就让卧着，横过来放正，将半截砖加于其上，对手要做的，便是设法打中，令上面的半截砖掉下来。倘你的半截砖一直盘踞其上，在规定的次数内没有被击落，你就是赢家了。

那是个没有玩具的年代，但小孩的游戏的天性是不可遏止的，我们把所有有可能性的东西都变成玩具。“官兵捉强盗”之类的徒手游戏之外，“砸砖头”也许是最“因陋就简”“因地制宜”的游戏了。再简陋不足道的自制玩具，哪怕是杏核、沙袋什么的吧，我们也还收着，唯砖头，玩完就扔那儿了。但也能玩得兴兴头头，相当之投入。投入太过，就会起争执。有次我就见过几个小孩为究竟是扔了两次还是三次吵起来，一声比一声高地“我怕你？！”“我怕你？！”，为表示不怕，就各拣半截砖在手——没有比这更现成的了。好在脸红脖子粗了一阵就算了。

还须补充一点：“砸砖头”对场地条件有一定要求，得有一块泥地。若是水泥地，砖头一扔就碎了。现在城里除了绿地，差不多已成了水泥壳，“砸砖头”的游戏碍难进行。当然，也不会再有人玩这个了。

恐惧

心理学将恐惧症定义为一种“非理性的、不适当的恐惧”。说是有三类：单纯的恐惧，恐高、怕蛇之类；社交的恐惧，但凡与人打交道就怕；广场恐惧症，人多了没自己的私人角落即惶惶不安。既然是病，当然是“怕”得有系统，是有规律的怕，只要那些特定的场景出现。正常人“怕”得不系统，是有一搭没一搭的恐惧，不那么为恐惧所苦。但隔三岔五，也少不了有“怕”的时候。问题是，属不属于“非理性”，究竟是否“适当”，很难说。

可以肯定的是，按照上面的定义，孩童当属恐惧症的高发人群，因为“理性”在他们身上顶多处于萌芽阶段，要说有理性，那与成人的理性也是两码事。理性的依托是对外部世界的了解，初民社会的人没科学知识，对种种自然现象皆感畏惧，刮个风，打个雷，就怕得不行，那是人类的童年阶段，反过来说，小儿的意识，和原始人差不多。非理性？当然。

盘点我幼时的恐惧，有些是成人也不免的，比如怕黑暗。七岁时开始一人住一房间，有段时间，进入黑乎乎的房间成为一个不大不小的心理考验。我总是将手先伸进去，摸到开关，先把灯给按亮，接下去要撩起床单看看床底下有没有藏着个坏蛋。房间里有个后加的阁楼，堆放杂物的，于是又多费我一道手续，要站到凳子上向里张望一番。整个过程提心吊胆，如同一次冒险。从小被灌输，男孩不应该害怕，被人知道你胆小是很丢人的，故害怕黑暗一直是我的个人秘密。心理学的常识，心中的恐惧说出来，它便弱化了，不幸没有教导我与人分享恐惧，我都是自己扛着，于是加倍地“亚历山大”。睡觉前的关灯于我是另一个关口，时常钻进被窝了还拖延着，这时大人会进来，很干脆地给关了，关灯的咔嗒声极轻微，在我意识中却如轰然巨响，瞬间我就掉入到庞大的黑暗与静谧之中。所幸白天总是玩得很累，多半很快睡去，虽然梦中说不定又有另一番恐怖。

小孩另有一种成人所无或不常有的恐惧，我称为“闯祸感”——就是因闯祸而产生的大祸临头的感觉。小孩闯祸是经常的事，不拘打坏了人家窗户上的玻璃，还是未按时交作业老师声言要告诉家长，偷骑大人的自行车碰掉了一块漆，疯玩时刚上身的新衣撕了个口子等等，都能引发巨大的恐慌。关键是，因为没经验，往往对后果的严重性充满夸张的想象，这一想，简直是末日要到了一般。这种情形，虽不大闯祸的女孩亦不免。我上小学三年级时有个岁数差不多大的邻家女孩，平时胆子小，似乎再不会闯祸的，有天逞能要抱一个更小的小孩过一摊水，谁知一起摔倒，小小孩脸上蹭破了，家长赶过来，大声呵斥之外，说要告诉大人。邻家女孩吓得不敢回家，在附近乱转，到晚上才被她哥哥找回家，到家门口了，却又不敢进去。我们看到的一幕，是她哥哥在往里面拖，她则攀住了家门口的一棵树，挣扎着，从里面传出她妈恨恨的声音："躲得了今天，躲得了明天？！有本事一直不要回家！"可想而知，这让她更害怕了。

现在想来，成人世界经常是孩童恐惧感的根源，因为说到底，惩罚将来自那里，而成人是不讲"法治"的，你不知道什么样的惩罚会降临到你的头上。正是这未知令你的"罪行"无限地放大。此所以最最恐怖的时刻，乃是一个大人宣称要将你的罪状告诉另一个大人。几乎所有的大人都醉心于制造这样的惊悚效果——你就想去吧！这时你的想象力无疑染上了最阴暗的色彩，你冥冥中觉得，大人针对你的一场阴谋就在周围蠢动，如无边黑暗将你包围起来。

显然，这属于"不适当的恐惧"的范畴，因事情的微末与由此而生的恐惧完全不成比例。我有一哥儿们碰巧看破了这一边。有一次他不知闯了什么祸，晚上父母下班回来一起审他，声色俱厉，他的罪行被渲染得很严重，因时间太晚，当天并未结案，父亲撂下话来，第二天再跟他"算总账"。这就给我哥儿们留下了足够的想象空间，他是在忐忑不安中睡去的。谁料起夜时经过父母房间，听他们在说笑，是在笑话他被审时吓成那副小样。据说类似"撞破"的事件曾经激起孩提时代的法国作家梅里美的愤怒，他认定大人玩弄了他的感情，他真实的恐惧成了大人的笑料。我那哥儿们没那么敏感，他是以很轻松的口吻跟我说的，不过据此已足可证明，很多时候我们的恐惧的"不适当"：在成人的眼里，事情其实根本没那么严重。

“闯祸感”很具体，犯了事才有，事过境迁，也就消弭于无形，属于“其兴也勃焉其亡也忽焉”的性质，但当事人不可能如此达观，只觉恐惧如潮水般来势汹汹。另有一种莫名的恐惧，虽不那么戏剧化，来势凶猛，却更有“绵延”的效果。说起来仍与大人有关，往往在大人只是随口一说，便成了小孩恐惧的由来。有一个说法是我那辈人小时都听说过的，说西瓜子不能吃到肚里，吃了肚里会长西瓜。不是所有的小孩都当真，但我当真了。在某次不慎西瓜子落肚之后，我向大人求证此说的真实性，他们一本正经地说是真的。接下来的一段时间里，我陷入西瓜正在肚里快速生长的想象中。其时小孩有将瓜子埋到土里种着玩的，我看到过长出绿绿的一茎苗，两瓣绿叶，在我肚里就是这样长吗？会长那么大？肚子要疼成什么样？不想则已，想想就怕。

我记得还问过大人一次，该怎么办，不记得得到了怎样的答复，只记得被说了句“谁让你不小心点？”，好像既是“咎由自取”，那就活该了。于是我只能不定期无助地害怕一阵，没有任何亡羊补牢的措施。另一个“祸从口入”说法是从老阿姨那儿来的，她说头发吃到肚里能致命：头发消化不掉，不像有的东西能消化掉，解大便时也屙不出来，绕在肠子上，最后就把肠子绞断了。我觉得这说法很有道理，一度吃饭时就在碗里扒拉来扒拉去地找头发。糟糕的是，我认为头发那么细，不注意的话吃下去也不知的，那么，我过去是不是吃下去过？遇到腹痛，我就会疑惑是不是头发对肠子的绞杀开始了。

老阿姨肯定不是想吓唬我，她自己大概就信这说法。她没文化，脑子里有很多无稽之谈，好多我都不信，偏是这一条，我就信了。关于玻璃纤维的说法大概是有依据的，不然也不会出现在“样板戏”里。我说的是京剧《海港》。那是个阶级斗争故事，说上海港某装卸区码头工人们紧张抢运援助非洲的稻种，暗藏的阶级敌人钱守维趁机破坏，将玻璃纤维倒入散包小麦里，并造成了错包。当然，阴谋被发现，运出的掺入玻璃纤维的小麦包在千钧一发之际被追回。要突出事态的严重，剧里交代了吃下玻璃纤维不堪设想的后果，总之是要吃死人之类。编导们恐怕再不会想到，有人会从这出讲政治的戏中接收到食品安全方面的信息，但千真万确的是，它对我的最大影响是，我发现还存在着这种可能性。去粮站买米，顿觉那一麻袋一麻袋的粮食都藏着隐患，阶级敌人那么多，做点手脚太容易了，运给非洲阶级兄弟的诚然被追回了，安知不是那样的重大任务，坏人就钻不了空子？不知不觉吃下去，不就“死于非命”了吗？

有一阵我当真就在这样略带政治色彩的恐惧中。当然，为时不是太长，像头发恐惧症一样，过一阵就不治而愈了。想不起来是怎样“痊愈”的，似乎是时间一长就忘了。忘了很正常——小时害怕过的事太多了，简直称得上“一波未平，一波又起”，假如都像恐惧症患者那样一一系统性地持续恐惧起来，那也别活了。

冬去夏来

热水袋·汤壶·盐水瓶

关于冬天的取暖问题，上面是有政策的：以淮河为界，淮河以北，凡单位职工，均发取暖费，淮河以南的人则没份儿。比如江苏，徐州、连云港有取暖费一说，南京就没有。此前淮河以南的人是否冬天不生火，我不知道，该政策与生活习惯的养成，恐怕是有些关联的。它对南方人有强烈的心理暗示功能：你们还没冷到那份儿上。直到今天，南京人的取暖意识也不能和北方人相比，室内能有个十来度，也就能对付。至于前空调的时代，大多数人家，干脆硬挺着，至多象征性地生个暖炉。

当然我所谓“硬挺”并非不作为，只是不采取整体性的室内升温措施而已。局部的、贴身的取暖必不可少。比如睡觉。张爱玲有隽语，“冬天，视睡如归”，那想必是在有暖气的房子，至少是有个温暖的被窝，不然冰凉的床上绝无理由当作一个惬意的归宿。

脱下带着体温的衣服往冰凉的被窝里钻，是个小小的考验，若是不着棉毛衫裤钻进去，常会倒抽一口凉气。犹记上初中时有次去学农，十月下旬忽降大雪，天寒地冻，晚上睡觉，一大帮人睡下来，嘴里都“咝咝”作响，在被子里缩作一团，还发出上牙磕下牙的声音——当然有作势夸张的成分，但真的是冷。

若是在家中，被子就可以预热起来，热水袋、汤壶的一大功用，便是这个。热水袋是橡胶制成，汤壶又称汤婆子，似乎都是铜制，这两样，都是往里面注热水。每每在洗脚洗脸之前就弄好了，放进被子里。通常的位置是在脚头，因脚大概是全身最难热的地方，侍候不好，一夜到天亮，冰凉冰凉。当然，需要暖意的远不止双脚，热水袋、汤壶释放的热量则只能及于被窝的一角，故常须挪来挪去，令其到最需要的地方去。

不拘热水袋抑或汤壶，进被窝是都须包裹的，否则碰上去很容易烫伤。仔细的人家会做上棉的套子，不肯费事的则用毛巾之类包起。算不算得万全之策，就要看用的人了。我小时睡觉不老实，有次不知怎么把汤壶外面的套子给蹬开，结果腿上烫出偌大一个泡来。

大家都穷，热水袋、汤壶虽然不是什么贵重物品，一家好几口人，却也未必每人都能摊上，往往是给前一人暖过被了，又拿去给第二人用。这样搞起接龙来，总有些不便，倘能弄到盐水瓶，问题就解决了。

盐水瓶即医院里挂水的瓶子，它之被用来作热水袋、汤壶的代用品，实因它具备了两个条件，一是大小合适——我说的是容量为一千毫升的那种；其二，也是更关键的，它的密闭性能好，那只白色的橡皮塞子塞进去，上面的部分可以翻过来紧扣在瓶口上，扣上了真是涓滴不漏。遍数彼时常见的各种瓶瓶罐罐，最宜充汤壶、热水袋之用的，恐怕无过于此了。

但弄到盐水瓶多少是要有点关系的，确切地说，就是要和医院的人有交情。我家的隔壁是医院的宿舍，冬天家家都用盐水瓶，我们家先后有过两个，都是邻居送的，我母亲还颇觉得欠了一份人情。

不拘热水袋、汤壶，还是盐水瓶里的水，起先是来暖人的，到后来就变成人来暖它了——我是说它们慢慢总要凉下来，若是在外面放着，早就凉透了，在被窝里捂着，关键是还挨着人，所以犹有余温。早上醒来，会感觉到被窝里处处都是微凉，若是汤壶、盐水瓶，则还有冷硬，因此时里面的水早已低于人的体温。

虽然如此，那点余温却还可再加利用。许多人家都拿来派用场，最常见的是将水放出来洗脸刷牙。这时候盐水瓶即显示出无可比拟的优势：热水袋、汤壶里出来的水，似乎总有点异味，至少心理上有一点儿排斥，只宜用来洗脸；盐水瓶是玻璃的，里面的水仿佛最是纯净，也的确无色无味，入口最无心理障碍，故总是留以供漱口刷牙之用的。

大概在许多同学家都曾见到过的缘故吧？说起那个年头冬天的取暖，我首先想到的，居然是盐水瓶。

冻疮

到药店里买药，无意中看到冻疮膏，说明现在也还有人生冻疮。不过我敢断言，与当年的大众化相比，如今生冻疮已是相当之小众了。

我小时候，身边的人几乎没有不生冻疮的。身体上别种毛病，或者不为人知，冻疮却是能见度极高的一种病，生在脚上当然无人知晓，但冻疮的多发地带，偏偏还包括了手上、脸上，这两处暴露于外，藏无可藏，不期然地就被人“尽收眼底”了。我敢说当年冻疮相当“大众”，就是以此。有次说旧事不知怎么说到这上面，我戏言可形容为“满目疮痍”，恰可为当年冬天的冷与艰苦的生活条件做注。

冻疮是冻出来的，小时的冬天的确是冷，糟糕的是，除了穿得多点，我们几乎没有任何防寒措施。最怕坐着不动，而课堂上当然不让动，零下的气温，天寒地冻，在没有暖炉的教室里一坐四十分钟，实在是不大不小的折磨。我们对寒冷的抵抗，只能限于课桌底下轻轻地跺脚，外加不时地往手上哈气，搓搓。课间休息的十分钟因此显得格外令人期盼，下课铃一响，最不爱动的人也动起来。有个无须任何规则的游戏，叫“挤油渣渣”，就是好多人挤做一团，拼命往一块儿挤。斗鸡、跳绳、“攻城”……此时也都有了取暖的意义。

最简单的，就是将课堂上收敛的动作升级：拼命跺脚、蹦跳，夸张地哈气，上下牙相磕做颤抖状。

饶是如此，到时候冻疮还是不期而至。我最初对班上同学的冻疮做宏观把握时，还不知其为何物，因自己尚在局外。上课无聊，讲话、做小动作之类又时被纠弹，只好无聊地东张西望，也没什么可看，一个一个后脑勺。某日忽发现坐前排的同学耳朵有异，沿耳郭有一圈疤痕，隔不多远就结有黄豆大的痂。一个一个看过去，居然不少人是类似的状况。我的统计进到二位数时，终于不耐烦放弃了。后来知道，那就是冻疮，而后很快，我也进入局内。是生在手上，手指头肿胀起来，如同胡萝卜一般。那时的手好像就是在两种状态中转换，不是冻得僵硬到仿佛非我所有，就是暖过来有了知觉后的奇痒难当。与蚊虫叮咬或是得风疹块不同，那是一种复合型的痒，混合了疼、麻、涨等诸种感觉，说痒得如同针扎似乎自相矛盾，但有时就是如此，却又抓不得，搔不得。没有比这痒更难受的痒了。

即使不抓不搔，厉害起来也要红肿以至溃烂，我还没到那地步，看许多同学的手，真是艳若桃李地烂，惨不忍睹。搁在现今的人，或要羞于示人，我们倒没心理障碍，因为好多人都这样。互相观摩交流，一个相同的经验是，恨不得把手剁了去，那却不是因为有碍观瞻，是因为那份难耐的痒。

说到观瞻，长在脸上似乎是更有碍的，不过好像不像手上那样时常弄到不可收拾。也不知是不是面嫩更显，印象里是女孩得的更多。但我记得很具体的是一男生，不是因为他脸上的冻疮面积大或程度严重，是因为起哄。既然脸上生冻疮算不了什么，我就只能借班上一捣蛋鬼指着那男生的脸做惊讶状，不过是想把刚从哪儿听来的词拿来显摆一下——他大叫道：“哟，长杨梅疮了嘛！”旁边的人都跟着哄：“哈哈，杨梅疮！”被戏弄的那个羞愤难当，当即就要动武。我们对杨梅疮大略有点模糊暧昧的猜测，但其实起哄的、被哄的，谁都不知所以然，也不知那疮该长在哪里。所以班主任听说要打架赶来喝止时的反问是绝对正确的：“你们懂什么叫杨梅疮？！”

五花大绑的冬天

一个地方的穿衣，当然是跟着那地方的气候走的。比如“四季如春”的昆明，“冬衣”的概念大体上就取消掉了，若是到地处亚热带的新、马、泰，“春秋衫”也成了多余。南京号称“四季分明”，四时的衣服都得备，特别是冬、夏两季，因为“四季”虽曰“分明”，占据的时间却不相等，春与秋都是敷衍塞责，匆匆而过，端的是稍纵即逝。冬与夏感觉里则特别漫长，已然入秋了，夏天反攻倒算，来个“秋老虎”；该是春暖花开了，冬天冷不防又杀个回马枪，来场“倒春寒”。

夏衣也就罢了，反正是做减法，冬衣做的是加法，一层层加上去，最是烦。——我这是说的过去，现在的冬衣已是另一概念，保暖性能好，加上肚里油水多，室内可取暖，人对寒冷早没那么畏惧了，衣服也就远不如过去来得层次丰富。

秋去冬来，冬衣事实上就是在秋衣之上层层加码。比起来下半身稍稍简单，从里到外，标配是棉毛裤、毛线裤、棉裤。上半身是重点所在，所谓“里三层，外三层”，原是形容穿衣之多，落到实处，却也不算夸张。贴身是棉毛衫，冬天着衬衫的人极少，一者棉毛衫厚，暖和，二者它耐磨，而且藏在里面，有破损也不怕，衬衫则是要留待其他季节抛头露面的，实在要“正式”点，就弄个假领子围脖子上吧。

棉毛衫上面加的毛衣，似乎是和毛裤对应的，事实上却复杂得多：即使讲究点，毛裤也只会有一厚一薄两条，而且一般是脱了薄的才会穿厚的，不会同时穿，要不就是舍了棉裤；“毛衣”的概念下却集合了毛背心和各种厚度的连袖的，关键是，毛背心，薄毛衣、厚毛衣，可以并举，最冷的时候，依背心薄、厚的顺序一起上身。又有绒衣、绒裤，绒布做的，比棉毛衫裤厚，抵得中等厚薄的毛线衣、毛线裤。别处不知有无其他的叫法，南京人会唤作“卫生衣”“卫生裤”——我一直没明白和“卫生”怎么扯上的关系。毛线衣裤多半是自家织的，卫生衣却都是店里卖的，但最常见的似乎是部队发的，或套头，或对开，皆为黄色。

虽然也有成衣卖，然而绝大部分人家都是自己做。做单衣单裤，找裁缝铺的还多些，棉衣棉裤，才更是“自力更生”，不假外求。没了服装厂、裁缝铺来“标准化”，做出来自是千奇百怪，外面有一层罩衫罩着，不知就里，看出来的是总的倾向，就是一概臃肿。这份臃肿到小孩那里就加了倍。他们是被特别要求保暖的人群，大人在冬天显现的最大关爱，就是喝令小孩一层层地加衣服，加到所有衣服差不多都到了身上。

所以那个时候你冬天见到的小孩都是鼓鼓囊囊臃肿不堪的，任你是个瘦子，到冬天也成了一个小胖墩。那时候保暖的一个重要概念，就是特别讲究紧身，仿佛稍稍宽松，寒冷便乘虚而入，于是衣服一层一层箍在身上，看上去像是五花大绑。天寒地冻，整个世界都像被冻住了，仿佛天地也是五花大绑。人被绑而臃肿着，变得傻头傻脑的。当然你也可以说，萌萌哒。

这是从外观、从视觉系上说，还有一面是人在衣中，你觉得快要动弹不得了，尤其是穿上棉裤，似乎腿打弯都难，尤其是里面还有毛线裤的时候。不比现在小孩弄个电脑、平板什么的一天到晚在家里宅着，当年小孩的玩耍就是在外面疯，最简易也最盛行的游戏，便是“官兵捉强盗”“雷堆”（南京话，累赘、笨拙的意思）。若此，你却怎么跑？往往是自己把自己就磕绊倒了。

好在全副武装，包得严严实实，跌个跟头也不怎么疼。

风雪帽

据说年轻人中，中性化已是一种时尚。性别上的模糊，上点年纪的人并不陌生，不过大体上，在过去，是一方向另一方靠拢，不是男女往中间凑。在所谓火红的年代，性别运动的趋势是女性的男性化。“不爱红装爱武装”原是一首赞女民兵的“赋得”的诗句，“文革”中居然大规模地变为现实。形之于外的是穿戴，有相当一段时间，裙子已然见不着了，女性也一概穿裤子。绿军装引领着红色时尚，而除了尺码大小，男女军装的差异几乎缩小到裤子上有无小便的开口。帽子也一般无二，女帽也像男帽一样有个鸭舌帽檐。

然而性别之异乃是自然而然，任是“逆天”到那种程度，女性的爱美，还是会顽强地有所表现。同样一顶军帽，男性平着戴，箍住脑门子，女性就会玩些花样，多选择将后部弄扁了斜着戴，贴着后脑勺，前面刘海什么的都露出来，这一戴就戴出了那个时代残存的一点儿妩媚。

当然，女性大多不戴帽，除非是冬天。有意思的是，恰是在冬天，有一种叫作风雪帽的，堪称百分之百的女帽，尽管男女穿戴上有种种混淆，此帽却十足地女性化，再不会戴到男性头上去。它的出现，也算是让“蓝蚂蚁”时代冬日的单调添了些许鲜亮。

风雪帽是用毛线织成，像是头巾或裹头大围脖的帽子化。春秋天避风沙，女子戴头巾，常是叠作三角裹着头在下巴颏那儿打个结，冬天的大围脖宽大到可将头脸包起在脖上围几圈。风雪帽应是袭其意而加定型：上面是个帽兜，头顶、后脑勺加脸的两侧都遮住，只露脸的正面，下面则镶上一两寸宽的长带，可说是帽子与围巾合二而一。与现今雨披、风衣、羽绒衫上的帽兜不同，风雪帽不取宽松，真正的“可着头做帽子”，务将头脸裹得严严实实。据说上世纪七十年代初的大城市，女性尤其是小女孩，这样的帽子，几乎每人都有一个。又据说，这是上海人的发明——“文革”高潮过去，穿戴上的讲究虽远谈不上“复辟”，却也在一些细微处潜移默化，彼时上海人的会穿是公认的，又特善于“螺蛳壳里做道场”。

小女孩中此帽的普遍化，我辈都可当证人，因从小学到初中，女同学差不多个个都戴。以帽子而论，其实男生所戴样式要多一些，棉帽，有檐的、无檐的，毛线的、绒的，大耳的、小耳的，三片瓦、狗套头……女生就一风雪帽，然却是“道生一，一生二，二生三”，变化多多。首先是色彩，决非男帽的蓝灰、军绿所能局限，赤橙黄绿青蓝紫，无所不可。男帽都是店里买的，那时衣裤鞋子常有自己做的，女帽则很少，风雪帽店里有售，多半却是自己编织。这一织，便如今日住新房的搞装修，各出机杼，也就花样繁多了。于是有各种的编织法，颜色的鲜艳之外，还有织出图案来的。还有各种小的变通，比如帽后有个小尖角，又或带子末端缀两只绒球之类。

我估计现在没人会觉得戴那帽子有什么俏，其实这区区一帽上的争奇斗艳当时我也看不出所以然来，只是笼统地觉得好看罢了。但我有个哥儿们堪称早慧的女性美的鉴赏家，曾对我评点风雪帽的妙处，说戴了大脸变成小脸，大下巴可变成尖下巴。我不敏，不知这结论怎样得出，现在想来，他必有较具体的观察对象吧？

那样的风雪帽已是过去时了，我的印象固然因于视觉的记忆，同时也因为“风雪”的意象——一说风雪帽就有大雪纷飞的画面，当然是冬天，却有暖意。那女性化的帽子总是衬着雪景。不料这名目如今已是另有所属，百度一下，居然说，就是罗宋帽。在我看来，这简直是鹊巢鸠占嘛。

芭蕉扇与折扇

空调时代降临之后，扇子差不多已从我们的生活中消失了，除了七八十岁的老人还备着，扇子亮相的机会大体限于大妈们的广场舞方阵。当然，那是作为道具，与作为降温利器的扇子，用途各别。

说利器是抬举它了——不要说空调，就是和电扇比，扇子也只能归为钝器，就像使老大劲儿也不能利索切菜的钝刀。电扇是工业时代的产物，扇子靠人力，地道的手工业制品，以制造的风量而论，后者简直可以忽略不计，而且你还得出力。但仍是不可或缺，酷暑天气，从外面回到家中，大茶缸凉水猛灌一气之外，就是找把扇子一阵猛扇。

鉴于扇子在降温方面的物理作用极其有限，以今视昨，我觉得当年我们对扇子的依赖很大程度上是心理上的：没有扇子，如同遭遇暴力没有任何可防身武器，有了扇子，至少还可抵挡一下，管不管用另说——高温可是任谁都要面对的天大的暴力。

以暴制暴是不行的：年轻人的血气方刚体现在扇扇子上，往往就有暴力倾向，心急火燎拼命来，恨不能挥扇成风。都是要 DIY 的，又不像古时上流社会的人，有下人给你“打扇”，结果往往还是一身汗，外加一团焦躁。老年人扇扇有发乎情止乎礼的从容，其动作徐舒缓慢，只有从他们的动作才能悟出所谓“摇鹅毛扇”之“摇”从何而来。这与他们夏天经常重复的一句格言正相配合，叫作“心定自然凉”。每每我大力挥扇之时，老阿姨就如此这般，谆谆告诫，并不是让我不扇，是让我心定而慢摇，可见心理的因素已悄然引入扇子哲学。

老年人手中摇的扇子，多半是蒲扇，南京人称作芭蕉扇。与芭蕉没半点瓜葛，是蒲葵叶做成的。蒲葵叶生就一副扇子相，连叶带柄，正可一扇。晒干了制成扇子，大而轻，以面积而论，在扇子中可以称最，古白话小说里常有“蒲扇大的巴掌”云云，以喻凶悍之人手掌之大，足见蒲扇向为扇子中的战斗机。那些草编、竹编还有羽毛制成的扇子，看上去复杂精致多了，在制造微风方面，都不能与芭蕉扇比。故家家户户，他种扇子可以不备，芭蕉扇则是必需。

芭蕉扇特能制造居家的氛围，这可能跟它不便携带，大体只在家中使用有关。老年人是例外，他们几乎是走到哪里摇到哪里。扇风之外，因扇不离手，还发展出许多其他的功能，比如走在大太阳下，以扇罩在头顶遮阳；用来兜较轻而细碎的东西；驱赶扑打蚊虫；作势对小孩施以轻微的惩戒（打孩子一般是不打头的，芭蕉扇则轻敲两下也无妨）：几乎样样都比别种扇子有优势，价廉则令它的种种优势更显突出。用得多，易受损，边缘是其“薄弱环节”，用竹丝绗起来，一坏就易散架，发展趋势可参照济公手里用作道具的那柄扇子。也是防患于未然吧，许多人家都会先用布给绗上一道边，芭蕉扇的寿命因此大大延长。

尽管是老年人夏天的最爱，小孩对芭蕉扇却有几分排斥，嫌它土，绗上一道边就更土了，像是无端弄了个补丁。被同学看到你用芭蕉扇，虽不至于像穿老家乡下做的布鞋那般招来嘲笑，然总以不被看见为宜。那就该是老头、老太太的标配，老头衫、芭蕉扇，天造地设，我们嘛，还是用别的吧。

在学校，最受青睐的似乎是折扇，当然也有携带方便的缘故。事实上折扇比芭蕉扇差远了，而且那时的中小学生，有一柄专属自己折扇的，少而又少，但是用现在的话说，折扇 FASHION（时髦）啊，至少其城市属性毋庸置疑。自然就不乏悄悄将大人的折扇带了来显摆的。印象深的倒不是拿它扇风，而是拿它作演练的道具。

什么电影上看来的，主人公“哗”的一下打开，“哗”的一下收起，潇洒无比。上小学时一到夏天，但凡有人带了折扇来，课间就聚了一堆人在练这个。关键是要一下子完全打开，彻底舒展。易不易完全打开，也就成了我们判断折扇好坏的一个标准。某日，一家境不错的同学偷着将大人的折扇带来，那扇子黑底洒金，材质好，特别服帖，不像我们平日带来的硬撅撅还特紧，使劲抖也打开不到底。于是谁都争着要拿来试一把，潇洒一回。也不知怎么就听“嘶啦”一声，扯坏了。

那同学没有贾宝玉撕扇子作千金一笑的胸襟，立时苦了脸。一直到放学，还苦着脸。

蚊帐

夏天，“大敌当前”者何？一大一小，两样。“大”是老天，燠热从四面八方围过来，逃无可逃；“小”是蚊子，对人，端的飞蛾扑火式的一路追杀，任是同伴们被人拍得血肉模糊，也还是前仆后继。

“人定胜天”是励志的口号，其实是斗不过的，天再热也只好认了，恼人的是蚊子这么点小东西，也能搅得你寝食难安。论身量，简直可以视若无物，是不是？但我们面对蚊子，当真是如临大敌。

当年我们会把蚊子称作轰炸机，夜深人静，蚊子飞来飞去造出的动静确有飞机轰鸣由远及近的声效，躺在黑暗中，我每每将其想象成神风敢死队的俯冲轰炸，冲下来了，又忽地拉高，而后兜个圈子飞来，没完没了，挥之不去。

前电扇、空调的时代，没有机械化的装置，以常规武器而论，对付老天，是一柄小小扇子，对付区区蚊子，却有偌大一顶蚊帐。印象中这两样，家家必备。以造型划分，大体是两种：圆形和方形。圆顶上面小下面大，形如帐篷，用的人家少，方形的则普遍，帐顶与床一般大小，支起来里面宽绰得多。

挂帐子有点费事，因并无现成的支架，其时流行的又不是旧时的架子床，帐子得自己动手撑起来。最常见的法子是在床的四个角竖起四根竹竿，绑在床腿上，另有四根竹竿两横两竖固定在四桅之上，如此架子搭好，蚊帐才好张挂，自上垂下。

现而今仍有人家用帐子，都是直垂地下，且较床宽大，下缘有重物坠着，已然严丝合缝。过去的蚊帐不拘自家制作还是店里购买，都是要用布票的，哪能这么奢侈？大多下端只稍比床面长出一尺，睡觉时得掖在席子下面。三面是掖死的，帐门也即睡觉出入的那面，白天撩开敞着，故蚊帐又有一标配，即一对帐钩。

晚上上床掖好帐门，已是躲进帐子成一统了，安睡之前，却还要在里面整肃一番，务将待在帐内的蚊子统统拍死。要省电，都是用小瓦数的灯泡，帐子的阴影里，细小如蚊子，哪得一目了然？倘你看到帐中人影或坐或跪乃至站起，张着两手凝目帐内某处，那他肯定是连侦察带歼灭地对付着蚊子。倘有一两只蚊子漏网，则一夜不得安宁。

半夜起来亮了灯，“噼里啪啦”打蚊子也是常有的。我在黑暗中想象蚊子轰炸机式的俯冲，即是因帐子里蚊子在闹腾。睡意蒙眬中却又懒得动。其时电灯都还是拉线开关，图方便，会将拉绳加长了拴在床头，起夜时伸手一拉就亮灯。偏偏我的房间先进到是扑落式开关，须下床走到房门口。我的力气似乎只够与睡意僵持，却不能动弹，于是在帐内这个逼仄的空间里，听到蚊子更其频繁地反复俯冲。

小时候对帐子很有好感，因像是进到一个更贴身的小房子里，甚至大白天到邻家钻到帐子里去打牌，或者特意放下帐子看小人书，有一种莫名的兴奋。后来却觉得帐子令人生厌。彼时的帐子虽也是纱的，却是纯棉的材料，绝无现今蚊帐的轻盈，网格很粗，网眼极小，比起来，与其说是轻纱，不如说更近于布，罩在里面，极是气闷。最热的时候，更叫人喘不过气来，有一度我老做噩梦，且认定帐子参与了梦魇氛围的制造。黄梅天气里帐子湿漉漉的，沉沉的，仿佛能拧出水来，其存在让人更添一种焐燥和不洁之感。

还有一条加重了它的邋遢相：打蚊子，最佳的处决方式似乎是将其拍死在两手之间，但在帐子里捉蚊子，战机稍纵即逝，急切间经常会连帐子一起拍在掌内，靠墙的那面，尤容易单掌拍去，于是一个夏天下来，说不定帐子上血迹斑斑。

在别处当然也打蚊子，但并无赶尽杀绝的可能，帐子里却是要除恶务尽的。有人会先行驱赶一阵再放下帐子，我是希望关起门来多打死些才过瘾的。看斑斑血迹，这帐里也像是蚊子的行刑室了，虽然我从来没有过罪恶感。

日常琐细

手帕

古诗词里的句子特别美，其中一个原因，我以为是一些寻常东西被好听的说法指代了。比如手帕，古诗词里常说成鲛绡。有诗为证：陆游《钗头凤》词："春如旧，人空瘦，泪痕红浥鲛绡透。"又如孔尚任《桃花扇》里的唱词："恨在心苗，愁在眉梢，洗了胭脂，涴了鲛绡。"《红楼梦》里林黛玉的题帕诗当然是今人更熟悉的："尺幅鲛绡劳解赠，叫人焉得不伤悲。"

鲛人是传说中海里人身鱼尾的生物，类于西方的美人鱼，哭泣时泪水化为珍珠，鲛绡是其织出的薄纱。鲛绡指代手帕，自然别有一番华美。古诗词里却也当得起——既然区区手帕已成爱情的象征。现代生活里手帕则已只剩下实用的功能，不言其他，最常见的印着几何图形的方格手帕，想题诗也没法题吧，而且就是这样的手帕，如今大体也被一次性的面巾纸取代了。

手帕有男帕、女帕、童帕之分，男帕是直来直去的方格，女帕花样就多，童帕则小了一圈。但为方则一——我是说，都是四四方方的，似乎自古相沿。很长时间里，我就把这一条视为手帕的本质规定性。小时与邻家一小孩作毛巾、手帕之辩，手帕都是单纱织成，他所用却是毛巾布的，故他称为小毛巾，我则一口咬定是手帕——它是方的嘛，毛巾都是长方的。后来是我自己动摇了，因想起幼儿园洗脸用的小毛巾便是方的。由此我转向二者“存在”方式之别：毛巾通常晾在家里，不出于户外，手帕则揣在兜里，与身相随。

与身相随，倒也不尽是在口袋里，影像里可见到旧时妇女常将手帕捏在手中，或是掖在袄袖边，数落起人来可充道具，又一功能是遮羞，笑起来可以掩口。我对手帕最初的记忆好像也是招展于外的：上幼儿园，大概是小班，例须将手帕叠成长条，用一别针别在胸口处，据说是吃饭时当围兜，方便。彼时冬天里小孩的棉袄之外都有一系绳或纽扣扣在背后、袖口用松紧的大围兜，状如衣服反穿，当胸再垂下条长长的手帕来，我觉得特傻，曾予拒绝，但大人强制之下，也只能就范。

通常的情形，手帕当然还是如同面巾纸一样，是搁在兜里。其用途除擦汗、擤鼻涕、拭泪之外，还有一些绝对是面巾纸所无的。比如用以包裹零碎之物，可以视为缩微版的包袱皮。春天到野地里挖荠菜，没法拿了，就将手帕摊开来，挖的菜放上面，扎起来持回家去。在街边买旺鸡蛋、菱角之类，手帕也可派同样的用场。下小雨时又有人拿来充作帽子，或是就那么顶在头上，或是四角各系一小疙瘩，箍在头顶。现在想来，会疑惑那薄薄的一顶之盖管什么用——又不是传说里经水不湿的鲛绡。

对小孩而言，堪称活学活用的，是拿来游戏。“丢手帕”

是有组织的，我印象深的倒是带有违纪性质的私下活动。那时开会不断，听会极其无聊，下面自然各开各的小差，女生的一个选择，是拿手帕叠东西，一方手帕，可以叠出茶壶、穿裙小人、老鼠等许多花样。我佩服的是她们的耐心，一玩可以玩上半天——时间应是好打发多了，这里面也就见出游戏的性别特点。

尽管如此，手帕的本职工作，当然还是迎着鼻涕眼泪上——手帕就是为它们而生的。说起来都是人体的分泌物，古人又认定常有连带关系（所谓“涕泗交零”），鼻涕与眼泪唤起的反应却是相去甚远。我们意识里却常高看眼泪两眼，感动而落泪，那是情感的结晶嘛。电影里常有女主角哭泣，男主角掏出一块手帕默默递过去的场景，但是我女儿很小时就坚信，那不过是“看上去很美”，她继而追问，怎么知道男主角自己没用过呢？若是用过，鼻涕眼泪在上面，难道不是很脏？小时同学间还有互借手帕的，她心存忌惮，其时尚在手帕、面巾纸并行的双轨制时期，她就干脆拒用手帕。

我小时别无选择，因面巾纸尚未出现。事实上多数男孩，宁可什么都不用。这不是说我兜里不装——从小的教育，好孩子须讲卫生，讲卫生的一个标志，就是你兜里有一块干干净净、叠得四四方方的手帕。惜乎顽童的年纪，没几个耐烦的，我的手帕便是常备而不常用，形同虚设。偶或一用，也就揉作一团，与口袋里内容丰富的其他零碎物件混在一起，弄得乌漆麻黑。过年时鞭炮拆散了搁兜里，硫黄屑、火柴什么的满处都是，手帕就更是遭殃。某日去小哥儿们家里玩，他的手帕就是这状况，他妈正在训他，拎着那块脏兮兮的手帕的一角，板着脸质问:“你自己说，这是手帕，还是抹布？！”

手纸

汉字算不算最容易引起联想的文字，我不知道，至少是之一吧？日语、韩语过去都受中国影响，汉字现在还在用，看到了，不免会望文生义，但人家是自有其义的，你瞎联想弄不好就会很无厘头。比如“白急便”，那是人家的洗衣公司，多年前初看到有这字样的车在街上跑，我一熟人就想岔了，以为是流动厕所之类，说一看到就满满的尿意——都是“急”“便”两个字闹的。

我错会过的是“手信”。现在当然知道，就是年轻人喜欢说的“伴手礼”，说起来出处在古汉语里，“信”即“贽”，贽即是礼物，这意思我们早不用了，日本人还用，真是“礼”失求诸野了。你道我把“手信”当什么了？——当成了手纸。

由此联想，可能是因为从“手”想到手边之物，而过去的日常生活用品的命名，好像只有“纸”与“手”有关联。手纸之不可少、之为日用品之大宗，不必说了，维持我们肉身存在的生理活动，“拉撒”居其半，全靠手纸来“善后”，说在便利店、超市，手纸占着半壁江山，肯定是大大夸张，但走到某个区域，卷纸、抽纸充塞眼眶却是肯定的。当然，手纸的概念要小些：擦手、擦嘴等，都是纸张新增的功能，取代了毛巾、手帕，过去则用于擦拭的纸，基本上是如厕专用。

“手纸”应算是较雅的说法，通常我们都把它叫作“草纸”。草纸与今之卷纸相去不可以道里计，大都是长方形，普通练习本大小，粗糙，黄颜色，与现在上坟时有些人家遵旧俗烧的纸颜色大差不差。

草纸的确是用草作为原料，有些草梗还“原生态”地在里面，“典型犹存”。杂货店、百货店、路边小店都有卖，在柜台上摞得老高。卖是论“刀”，一两寸厚那么一沓。离了柜台，就该出现在家里抽水马桶的水箱盖上，或是马桶的旁边。随身携带也是必要的，因到现在好多厕所也还不提供卷纸，公厕卖手纸也是后来的事。

但男性“撒”时无须用，“拉”时方用，并非时刻准备着。临时抓瞎的事时有发生，中小学的厕所里常有蹲在坑上跟人“借张草纸用用”的。“借”只是一说，双方都不会考虑“还”的问题。只有一回，大概是小学的二三年级，班上两男生为什么事吵架，一方一口咬定对方借过他一张草纸，力逼马上就还，这显然是在借草纸发难。

其实如厕未带草纸，变通的办法有的是，通常是以其他纸张代替，从作业本上扯一张，将报纸撕成小片，均无不可。不拘何种替代品，有一程序是共通的，即将纸揉作一团，再行展开，相较草纸，它的光滑、硬挺，这时都成了弊端。

有一种主要供女性用的纸，叫作“卫生纸”，因多皱纹，又称“皱纹纸”，也当归入“草纸”的范畴。这种纸通常一包一包地卖，比黄色的草纸更柔韧，用起来更舒服，讲究男女大防的小男生却是避之唯恐不及。被大人差了去买卫生纸而被小哥儿们发现，是件很丢人的事。如厕掏出一张这样的纸来，后果难料。

这本是私密之事，关起门来，不是神不知、鬼不觉吗？比如今日城市里的公厕，我们从某个小隔间前面走过，顶多听见里面“嘶啦”一声，或者会暗笑，这家伙没带纸。看是看不见的。无如当年的公厕蹲位之间无隔挡，一览无遗。某次集体如厕，一同学从兜里掏出的是卫生纸，不巧被另一位看个正着，马上就嚷嚷：“哈哈，某某长的是女人屁股，要用卫生纸！”旁边的人跟着就起哄，落井下石道：“你还用卫生巾啵？”

当然，这比不用纸受到的嘲弄似乎还是要轻微一些。是在中学，校园里有个小山包，有个男生在山上玩耍之际或者是忽然要拉肚子，要不就是懒得下山，反正就找个僻静处拉野屎，身上没纸，也没处借，遂就地取材，拿了几片树叶了事。这事传出来，在一个更大的范围内成了笑话。显然，不用草纸而用卫生纸，还只是个越界的挪用问题，用不用纸则涉及文明与否的问题了，不用纸等于放弃城里人身份，当了一把乡下人。

有道是山外有山，天外有天，发展中国家的文明遇上发达国家的文明，很有可能被目为不文明。有个熟人，家族中有美国亲戚，上世纪八十年代初来访，在当时“海外来人了”

就是个事儿了，过后他向我描述他们全家总动员忙着接待的种种。一个细节是，他表姐上厕所，分明厕所里草纸、卫生纸都有，她还要问有没有卷纸，最后从旅行箱里翻出了一卷带进去。那是他头一次见这玩意儿。

“也他妈太讲究、太‘资产阶级’了吧？！”他愤愤地说。

打毛线

传统的男女分工，简而言之，叫男耕女织。新中国气象一新，妇女能顶半边天了，这样的分工，当然作废。上世纪六七十年代，最是“不爱红装爱武装”，女性甚至以“铁姑娘”为时尚了。宣传画上有各式各样的铁姑娘，我印象深的是挽袖撸裤管，手执扁担、项上扣着垫肩的形象——不是衬在西装里的垫肩，是劳作时防扁担磨着肩上皮肉的垫肩——分明就是为弃织而耕做注。

但其实“织”仍是女性的分内之事。与传统的“女红”（俗称“针线活儿”）相比，新增的，也是我以为见出年代特征的是城市里流行的织毛衣。之前，毛纺业不发达，穿毛线衣尚限于少数人；之后，尤其八九十年代以降，机器取代手工，自己织毛衣已然难得一见。而我那辈人，衣服虽大体机制（不拘服装厂生产还是家用缝纫机的活儿，都算），制作毛衣、毛裤则几乎清一色DIY。

织毛衣，南方人称作“打毛衣”或“打毛线”，后者应所指更广，包括从毛线裤到手套、围巾、帽子、袜子等毛线织物。虽然“男女都一样”了，打毛线还是被看作一件特“妇女”的活儿，比烧菜做饭更甚。据说有些上海男人会打毛线，这被我们视为上海男人娘娘腔的铁证。我们那一带有个中年男子，动作、神情比较女性化，常见他上班路上边走边打毛线，他之为“二姨娘”，自然更是不易之论了。

我走路看书，撞树、撞人的事都发生过，打毛线的人边走边打则好像没有类似的事故，因都是盲打。高手似乎都如此，眼视别处，话照样说，手里活儿一点儿不耽误，不嫌乱比的话，比为另一型的手挥目送，亦无不可。虽然以动作而论，似乎更近于戳戳捣捣。

就因可以一心二用，这活儿几乎是全天候的，在哪儿都可以干。城里上班的女性，往往包里就装着打了一半的毛线织物外加两根针，工休时间戳两下自不在话下，逢开会、学习之类，也能掏出来暗箱操作。试想缝衣、钉扣之类的活计，飞针走线起来，动作幅度就太大，不大像话，比起来，打毛线当真是“小动作”。打毛线因此成为好多单位开会、学习时的一景，令原本应很政治的场景有一种家常的气息。毕竟已是“文革”后期，只要不太过分，领导也就睁只眼闭只眼了。

流风所及，学校里有些女生也会把毛线带到学校来打。其时我还很革命，对这种彰明较著的过小日子很妇女的行为很是不屑，遇所谓批评与自我批评之际，会一本正经地指出来。若是评先进、讨论发展团员之类，则更要举为革命意志衰退的铁证，力阻政治不正确到如此地步的人进入先进行列。

谁都得承认，这是出于公心。不过另一方面，我对打毛线的反感由来已久，恐怕也夹杂着一点儿私忿。我们家几乎所有的毛衣、毛裤，都是母亲一针一针织出来的，尽管时常不满衣物的样式、打法，以为有点土，大体上却没有将之与先进、落后之类的概念联系起来。我的不忿起于从小时起她就经常让我帮着绕毛线。

从店里买回的毛线论支，每支可以视为一两尺长的线圈，毛线开打之前，得将其绕成一个球状的线团，否则打起来会乱套。绕毛线通常是两人合作，相向而立，一人撑开线圈，绷着，另一人抽出线头，将整支毛线绕成一个团。我的任务就是站那儿绷着线，两条胳膊保持向前伸出的姿势，很无聊，我觉得是升级版的罚站。

每每觉得时间无比漫长，常随母亲的动作动起来，加快速度，她却让别动，说是添乱。我见过有人自己就把这事给办了，办法是将凳子反过来，四脚朝上，毛线就绷上面。不明白我们为什么不这么办。

最让人沮丧的是一支绕完，你以为终于解脱了，不想母亲喝道：急什么？还有两支，一起绕完再走！

当年我们都熟背过一条伟大领袖曾经引用黑格尔的语录，叫作“世上没有无缘无故的爱，也没有无缘无故的恨”，我对打毛线的疾视，没准儿就是从那儿起的头。

淘米

食米的吃米饭，做饭的一个步骤是淘米。在大城市里，这步骤现在经常可以省略——包装袋上会标明：免淘洗。在过去却是不可少的，而且不是象征性地淘，如现在这般，在锅里放上水划拉两下倒去脏水就算完事，得认真不苟地来。其不可或缺有一专门的器具为证，曰淘米箩。淘米箩可视为一种编得特别密实的篮子，密到水可通过而米粒留存。

过去的米不是今日的精米，故而不论籼米、粳米，皆内容丰富，小的沙石、稗子之类，往往混入其中，又多麸粉，常须反复淘洗。若再分解，则淘米首先当拣出沙砾、稗子之类。后者放水之后自会浮起，前者就要待水滗去后反复扒拉着细看。而后才是淘，欲求洗得干净，常还会用双手在水里搓弄，当然不待搓弄，水已混成一片，俟水之清，真得一而再、再而三地淘洗。锅里放水一遍遍地来，也不是不可以，记忆中却是家家都用淘米箩。或者是要节约用水也未可知：用淘米箩，下置一盆，水不必倒掉，箩在水中起起落落反复地淘，最后清水漂一遍就可以了。

这在北方是没有的，故北人南来，看了就觉新鲜。我认识一位老太太，抗战时从天津到昆明求学，第一次知道米是要淘的，颇以为奇。当然她生在大户人家，即使吃米饭，这活儿也是仆人干，到昆明没吃上食堂之前，几个年轻人自己开伙，淘米成为日课。群居生活，男男女女一道，却也不以为烦。她有个新认识的朋友，也是北方人，不会淘米，一南方来的男同学便教，每日一起拎了淘米箩去水边，有次男生在箩里把手压在她手上不放，待四目相对，满眼全是内容。那时男女单独在一起已属不寻常，此举更像是发送明确信号。女生面红耳赤，过后就告诉闺密，共同琢磨此举到底是什么意思。这是暗通情愫，也算是淘米淘出的浪漫了。

但那是非常态，对小男孩来说，淘米像做其他家务活儿一样，烦。我最怕的是冬天淘米，天寒地冻，手伸进水里，冷得刺骨。这活儿通常是不要我干的，但我们家老阿姨认为寒假像暑假一样，是培养爱劳动好习惯的好时机，偶或也会指派干这个。我总要抖颤一阵才把手伸进水里，逢老阿姨不在场，就想偷懒，将淘米箩多抖晃两下，或将箩沉到水中，拿根筷子搅和一下就拉倒。老阿姨看到了，必不答应，硬让我手下到水里去搓那米——“糊鬼啊？不用手哪淘得干净？！”

除此“惨痛记忆”之外，有关淘米，我还记得当年很多人家门口都有一泔水缸，漂清之前反复淘洗的水称为淘米水，与残羹剩饭，都倒在缸里，那缸南京人唤作“沃（入声）水缸”——不知该用何字，因汤汤水水内容丰富，代以“肥沃”之“沃”，想亦说得通。“沃水”会有人上门收去喂猪，想来因缸中以淘米水为主打，收“沃水”的人有时也被称为“收淘米水”的。不设沃水缸的人家，对淘米水也不会轻言放弃，那时尚无洗洁精一说，淘米水很能去油，便留着供洗锅碗之用。如此废物利用是否普遍，不得而知，泔水缸则因往往形之于外，存在更为分明。我在上海、无锡也见过不少，可知在南方城市是普遍的存在，也算是当年的一景吧。

做饭

读中小学时正当“文革”，学校里不时批这个、批那个。教育嘛，最后都归结到“文革”前的反动教育路线上去，有时称“资产阶级教育路线”，有时称“修正主义教育路线”，反正结果是把学生弄得“四体不勤，五谷不分”，除了“读死书，死读书，读书死”，什么也不会。

开大会，身受其害者常现身说法，举出各种例子，包括闹的各种笑话。就像“忆苦思甜”要将旧社会越说得惨绝人寰越成功一样，这时候的叙事原则是要把过去的自己说得特别低能、弱智。搁在平时，也不过以“出洋相”视之的事情，到会上一概变得很严重，因为事涉“路线”。

当然，到非正式场合，笑话仍然只是笑话。我印象很深的是关于做饭，因分不出稻子、麦子，把韭菜当大蒜之类，不够“喜感”，做饭的狼狈则有故事性而更生动。听过不止一回，都和煮饭时的溢出有关。

有个老三届下乡知青，说他们初到农村，自己开伙，几个人都是头一遭做饭，前面都还平安无事，到锅里水开了一阵时，气泡将锅盖顶开了，四面溢出，看锅的那个忙去镇压，使劲摁住锅盖。根本不管用，便大呼小叫喊另几个过来。那几个也没见过这阵势，还道摁压锅盖的力度不够，上去的人仍然是使劲压，压住并不费力，只是锅沿与锅盖之间，仍是不停地往外溢。一众人束手无策，结果弄得一塌糊涂，外加一锅夹生饭。

这事若是跟九〇后的孩子说，恐怕是很难说明白了——现在的“做饭”与过去已完全是两个概念，至少是城市里都用电饭煲，哪来那些个事儿？

南京人口中的做饭有广、狭两义。广义的做饭包括做菜，约等于下厨；狭义则不仅指做主食，而且专指烧煮米饭，若吃面条、吃饺子，就叫下面、下饺子了。大人让小孩学学做饭，或责备小孩饭都不会做，便是用的狭义。学会做饭，是小孩基本生活技能里的一项内容。

用电饭煲，照说明书放米加水就完事，哪里需要做？前电饭煲的时代，的确是要做。至少，你得守在锅边。第一步是淘米下锅，锅是铝锅，又称钢精锅，放到炉子上待到水煮沸，颇需一点儿时间，因大多数人家使的是煤炉，火力有限。

站在边上守候实在是无聊，最初学做饭，我都是回屋看书，到时候再来。但是没有定时器，这个到时候是靠不住的，一则煤炉的火不受控制，二则看书稍稍投入就会忘记时间。每每忽然想起，急急忙忙奔过去，炉子上已是狼藉一片。后来就拿本书，戳在炉边守着，时不时瞄两眼，看锅盖有无耸动的迹象。谁能掐得时间正好呢？溢出来仍不可免。好在水溢出滴在炉上发出一片响，是最明白无误的提示，身在跟前，马上出手制止，不会酿成不可收拾的局面。

“制止”也简单，就是掀开锅盖。热气散去之后，是一堆气泡，如同螃蟹吐了一锅的沫。遇了冷，泡沫迅即退下去，待你盖上，它那边马上重整旗鼓，复又漫上来。好像没见过哪家完全敞着等水烧干的，大多是将锅盖斜倚在锅上。半敞的度很难把握，豁口留大了热气、水分跑掉得太多，费煤；留小了泡沫照样拱上来，将锅盖顶得“豁啷”一声掉到地上去。有个法子，是担一根筷子在锅沿上，锅盖一头架在上面，其开合便可调节，也安稳了。

饶是如此，一顿饭做下来，要一次也不溢出，仍属不易。故那饭锅锅沿及周边，总是挂着幌子，一条条米浆结成的薄膜。有些糖果剥去糖纸后仍有一层薄衣，可以吃的，俗称糯米纸，有人说，就是米浆形成的膜做的，我将信将疑，究竟如何，到现在也不知。

待锅里水收干了，还须有一个焖的过程。这时再无被顶开之虑，锅盖可完全盖上了，火要关小，让饭锅在火上慢慢地被“炕”。不是放那儿随它去，大概是要做到受热均匀，保证一锅饭都熟透吧，我们家老阿姨总规定必须将饭锅倾斜着放在炉上，过一会儿就转动一下，转上一圈，务使锅底边缘那一圈都到火的中央走一遭。我最烦这道程序，因过一会儿就要转动一下，时间过长就糊了，你分不得神。而究竟要“炕”多长时间是没标准的，我急着了事，往往以为好了，老阿姨却喊道：还没好，还要炕。这个好全凭经验，任是怎样小心，也不能好到电饭锅那般恰到好处，一般的原则是宁有过之，不可不及，故锅底总会有点糊。

不同于不粘锅，钢精锅糊了是要粘的，偶或糊得厉害，吃饭时你就会听到刮锅声，洗碗时刮锅声复又大作。

学做饭好像是在上初中时，因为有老阿姨在，我比大多数同学在这方面后知后觉也未可知。因此就怀疑那些老三届学长们的故事是否太夸张。若真是那样，我们会做饭，也就该归为“教育革命”带来的新气象了吧？但“伟大胜利”中似乎从来没提过这一茬。

借宿

顾名思义，借宿就是借别人家的地方住宿。有一种住宿的方式现在很受旅行者的欢迎，叫作民宿。再顾名思义一下，民宿当然是民居，是居民把富余的空房拿出来供客人住，与住店不同，你像是住进了别人家里，似乎有住宾馆所无的一种居家过日子的气氛。但这似乎并非本来意义上的借宿，因为所谓民宿已经成为一种经营方式，虽然有些的确是有闲着也是闲着、搂草打兔子的性质。

即便如此，也还是守株待兔，是有所待的，昔之所谓借宿则本无所待，旅人无店可住或是没钱住店，人家或是寺庙一类地方，临时接待安排。以此标准，借宿的情形在城市里已是少而又少了，除非住别墅或是房子特别宽绰。即使异地亲戚朋友来访你要管吃管住，多半也是安排到宾馆，来客如不是关系非比寻常，也不会想到往人家家里住。两造里有默契，似乎已是新规。我年轻的时候，借宿相当普遍，只是通常都是投靠亲友的性质——除非是公家可报销差旅费的出差，大多数人出门在外，第一选择就是住亲戚朋友家。以当时的条件，好像也理所当然。

笼统地说，就一个字，穷。穷学生穷玩，当然更是如此。逢远游，第一件事便是打探有无亲戚朋友，找个落脚处。实在没地方住了，才取住店的“下策”。我这个年纪的人有不少真正的旅游是从上大学开始，一个原因，是同学来自四面八方，相互援引介绍，假期到某个学校宿舍里去借宿，最是方便。

一九七九年头一次到北京，在城里住父亲一老战友家；游颐和园那一带，就住在一北大读书的中学同学那里。事实上父亲的老战友来往已不多了，找上门去，放在今日，这或者是不情之请，不大好开口，那时未必就没有心理障碍，然而行情便是如此。照说当年住房普遍紧张，根本没有客房一说，得架床搭铺，一番腾挪，房间空着，也要忙一阵，原先的生活节奏大乱，隐私之类就更不必提。

挤惯了，又加集体久了，意识里也就没你、我、他之分。一九八一年我从南京骑车去广东，未雨绸缪，除了住招待所开的单位介绍信之外，私信也带了有五六封，同学、朋友拜托他们的亲戚朋友，等于私人介绍信，最重要的事项便是借宿。素不相识、转弯抹角的关系，信里也未明言，找上门去，却是不言而喻，管住几成义务。

在温州，是中学一同学的亲戚，家里很挤，我见状就要自去找住所，主人不让，见我执意要走，便想了个辙，说睡他办公室去。到现在还记得款待了晚饭之后，主人将条席子卷成筒状，挟在腋下在胡同里走，我在后面跟着，邻居在外面摆着小桌喝酒，问这是上哪儿去，听说家里住不下，便道：住我那儿啊。

当然，那次还是住办公室去了。否则莫名其妙住到八竿子打不着的人家里，总是别扭，虽然现在想来，如此这般拿了同学的信就往从未谋面的他亲戚家借宿，也够莫名其妙的。但过去邻里之间的不分彼此，倒也是常情。家家都有来了亲戚住不下的时候，有时就弄出连锁反应。

上中小学时家里常有乡下的亲戚来访，一家子一起来也是有的，我们家房子算大的，还是住不下，这时候我就会自告奋勇，要求住到隔壁小三子家去。这里面有个小算盘：父母管得严，不让迟睡，到时必强制熄灯，小三子家大人是放任自流的，再迟睡也不管，故我到那边即得解放，可以大大方方通宵看书。而且他家兄弟三个，各有各的渠道，家里常有一些不知从哪儿弄来的书。固然也可借来看，但都是三两天的过路书，不免错过，在他家住几天，则可一网打尽。就在那儿看，他们也放心。

他们家其实只有两个房间，好在老大住厂里，老二、老三住一间，但老二是运动队的，外出比赛，就出了缺。有次有亲戚来，我逮着这样的机会师出有名地住过去，不想晚上八点多，不知什么情况，老二回来了，只好准备挪窝回家，老二却潇洒地说："没事儿啊，我还能没地方睡觉？今晚睡安老肥家去。"安老肥是他的要好同学。他说完便大摇大摆走了。

过去的包装

“包装：①在商品外面用纸包裹或把商品装进纸盒、瓶子等。②指包装商品的东西，如纸、盒子、瓶子等。”——这是一九七三年版《现代汉语词典》上关于包装的释义。照那意思，包装的功用主要是包裹捆扎，现在则包装已是专门学问了。不妨将包装二字拆开来说：过去是偏于包，如今则偏于装——装潢的装，装扮、装点的装。

以今日的标准，我小时候店里基本上等于没有包装这回事。包装材料极其单一，包装的法子则极其原始。词典里特别提到纸是有道理的，因为只要不是大件的商品，包装大体上就是用纸。现在商家提供的购物袋，有不少也是纸质的，但那用的不是一般的纸，像专卖店里的，还又设计得很漂亮。过去则地地道道，就是一张纸。

我说不出那叫什么纸，很薄很粗糙，不同的商店小有差异，大店名店，那纸上会有图案，且印着店名。好多商品从厂里出来都是赤条条到商店，稍事包裹捆扎，都是在店里进行。卖布，当然是这样，营业员照给的尺寸量好了剪个口，“嗞啦”一声扯下来，叠作一小卷，而后拿过一张纸——这是备好了一叠放在柜台上等着备用的，视买多买少则宽窄不等——通常是条状，只有巴掌宽，拦腰将布裹一圈，再用绳子一扎，便即交货。顾客捏着纸包裹处，恰可不让手上的汗污弄脏了布。买成衣也是给张纸，只是大多数人家都是买布回去自己做，买成衣的很少，店里是如何包法，就记不大清。

我清楚记得的是食品的包装。糕饼糖果、食盐、白糖、酱小菜，绝大多数情况下都是散装，一包一包、一卷一卷分装好了的几乎见不到，若有则价钱必贵，大家都穷，没有几个人愿把钱花在包装上。倘买的量大，比如半斤以上，店家就会用现成的纸袋，使一种副食店里专用的铲子——形如小簸箕而有柄——从箱里或躺着的玻璃罐里撮起糖果、桃酥、京果之类，撑开了纸袋往里装。定制的纸袋有大有小，绝不浪费：半斤装、一斤装、两斤装不等，再大的就没有，要分成若干包。

倘买的少，就不能享受纸袋的待遇。小孩属囊中羞涩的人群，买吃食大都是零打碎敲，几分钱糖果，也不用包了，接过来往兜里一揣，若是买一两京果、一两小馓子，店家就会往秤盘上垫张纸，吃食倾在中间，称好了四面包起。若是论个卖的油球、金刚脐又或椒盐酥，那就不用包了，给张纸托着，边走边吃。

炒货、蜜饯之类的零食，倒有分装好了的，干这活儿的还是店家。小店里会将过期的报纸、杂志都拿来废物利用，瓜子、花生、话梅、桃脯，通常都包成三角形。没什么顾客的时候，店主就在柜台上现场操作，先将纸卷成漏斗状，装好后不知怎么一弄就两头尖尖，到收口处又怎么往里一掖，也不用绳，竟结结实实，再不会散开。这活儿是有技术含量的，我学过，包出来却总是松松垮垮，不成样子。

纸之为用大矣，我记得买吃的穿的，捆扎用的绳子都是纸质的，谓之纸绳。当然别的包装材料也不是绝对没有，其中现在绝对看不到而又绝对符合环保要求的，乃是荷叶。

荷叶最常见的是在酱品店、熟食店，都是订购来的，在柜台上摞一摞，若是在酱品店，黑洞洞之中倒是一抹亮色。不过我印象深的还是包卤菜。买酱菜回去都是马上找容器装起来，卤菜常是一次吃完的。我家对面小黑子他爸是爆米花的，有时会拎包猪头肉回家，打开来往小桌子中央一摊，就喝酒。酱过的猪头肉衬着绿色的荷叶煞是喜人，他嘬着酒，一副心满意足的样子。

拜年

过春节的一出重头戏，是拜年。

小儿没有不盼过年的。所谓忙过年是大人的事，小孩当真是坐享其成，就等着穿新衣、放鞭炮，外加大吃大喝。唯有一事，我所不喜，即是拜年。假如像现在一样，给大人拜年之后，照例有压岁钱的收获，没准儿我会有不同的态度，然而当年有句口号，叫过一个革命化的春节，不仅祭祖之类的封建迷信不许有，连压岁钱也革掉了，这就让我对拜年一事，更觉不可接受。

我们家是移民，在南京没多少亲戚，照说拜年的任务并不繁重，而且上中小学时适逢“文革”，拜年作为一种根深蒂固的习俗虽说没有被革除，却已变得相当简单，没有一点儿仪式感。不仅跪拜叩头免了（大人还会抱拳拱手为礼，小孩好像什么动作都不必做），吉祥话也不必说（恭喜发财之类当然太落后了，其他的祝福语也都可疑），说句新年好就齐了。

问题是，拜完年往往不是马上就告退走人的，少不得坐下来说话，听大人家长里短，真是不知所云，要多无聊有多无聊。很小的时候也就罢了，大人觉得有义务哄你玩，稍长，把你当个人了，就要你敷衍几句大人话，而且父母开始以礼貌相要求了，你得老老实实坐那儿，不能溜之大吉。

如果这家有年龄相仿的孩子，那是万幸，他们自会充当接应，带你到外面去放鞭炮什么的，合情合理。偏偏父母每年春节惦着去拜年的，是他们的结婚介绍人，孩子均已是成人。没有电视，更没有手机杀时间，真是难熬。过年本是热闹事，小孩最喜热闹，问题是，他们要的是自己的热闹，过春节则比一年中的任何时候都更被拴在各自的家里，尤其是，被拘着去拜年。跟大人有什么好玩儿？所以至迟到上中学时，我已是过革命化春节的热烈拥护者——以革命的名义，免掉那些繁文缛节，我们得自由，可以自己去扎堆儿。

那时我对拜年的反感也上升到新的高度。前面只说是给人拜年，其实还有另一面，是别人拜上门来。一般来说，登门的人随父母年高而递增，亲戚之外还有同事什么的。后者往往稍坐即去，其象征性本应赞赏，糟糕的是，弄不好来了一拨又一拨。我认定这很虚伪，因为平时不见得有多少来往，说几句客套话，等于寒暄。大过年的，特意堵上门来寒暄几句，虚应故事，言不由衷，有必要吗？

这好像是从理上讲的，事实上也还有私忿。拜客虽不要我招待，但对方多此一举客套一句："小孩还好吧？"大人少不得就要喊你出来露个脸。我并非羞于见客，问题是，有的客人会一大早就登门——也不知为何，拜年的人跟抢占先机似的，都喜欢赶早，年龄、地位上彼此彼此的，让别人先来了，似乎就欠了礼数。

于是，不论是往拜，还是防着人家早早上门，你都会一大早就被轰起来，有人上门了，你还在被窝里，那就不像话。大家都这么着，于是拜年变成了一个“互害”的局面。数九寒天，出被窝原就是件痛苦的事，又加除夕夜守岁，大年初一不让睡个懒觉，要挣扎着起来时刻准备着，以我之见，有点“惨无人道”吧?

排队

排队与匮乏未必有什么必然联系，现在排队之事也还常有，即使在发达国家也不鲜见。但我相信“文革”期间的动辄大排其队，一定和匮乏有关，而排队也是很多人“文革”记忆的一部分。

匮乏是不用说的，各种名目票证的出现就是证据：粮票、油票、布票、肉票、工业券……票证是对可以得到的一种许诺，可有了票证，要得到也未必就那么容易。有能耐的可以动脑筋走后门，大多数人还得从体力上求解决，去排队。有年冬天，猪肉供应紧张，说三月不知肉味有些夸张，但饭桌上肯定是久违了。也不知哪儿来的消息，说某日早上菜场有肉卖。这一日清早四点多钟就被大人从床上轰起，迷迷瞪瞪挎了篮子去排队。到菜场却见队已排了老长，站队的人不多，地下却是一溜儿菜篮，也有用一块砖头代理的，从肉案子那儿开始逶迤蛇行，直延伸到菜场外面。天寒地冻，口里吐出的是白汽，地上是一层薄霜，附近的烧饼油条店在准备早市，鼓风机嗡嗡地响起来，清晨的咳嗽声被放大了，显得有些夸张，三两声鸡叫则仿佛像帮着酿出一派萧索之意。后来读唐诗“鸡声茅店月，人迹板桥霜”，分明写的是乡野，不知怎么就总是想到起大早去排队买菜。

排队意味着等待，但等待未必是有结果的。到大师傅提了斩肉的刀出现时，眨眼间冒出许多人，篮子、砖头，俱各有主，而且队伍马上大乱，越是接近肉案处，越是人潮汹涌，继而是群情激愤，骂声四起，或是因被踩着了、挤着了，或者是有人要夹塞儿。夹塞儿的有两种，一种是霸王硬上弓，仗着蛮横或是结了伙人多，横眉竖眼扛着肩膀就上，眼见是不好惹的，大家也便不作声，至多是咕哝两句。另一种却是意意思思挤进来，后面人不乐意了，于是开始论理，一个说早来了，一个说没看见，双方都要找证人，自然又有更多人加入战团，脸红脖子粗，唾沫横飞。俄而队伍前移，骂的与被骂的都被人簇拥着朝前去，前面的还要扭了脖子继续舌战。

那次我的唯一收获便是长了这些见识，肉是没买到，还没挤到跟前，已听着喊：没了，卖完了！接着便是诅咒或埋怨的人轰然散去。此后还有多次排长队的经验，在粮站，在车站，各有其热闹，但有些节目是那时排队几乎肯定要上演的，比如吵架，排队而无吵架的热闹可看，似乎也就不称其为排队了。动口之外，还有动手的，遇见过好几次，有一次是板砖也上来了。

说来也怪，那时不知为何，砖头似乎随处可以见到，要不也不会常在排队时用作替身，而一到动手阶段，正好就地取材。我对砖头印象深刻，实因那回在车站里一块半截砖就从我耳边呼啸而过，差一点儿就遭了无妄之灾。现在想来，所谓衣食足而知礼仪虽是未必，匮乏到一定程度而要将行为维持在文明水准之上，则确实不易。排队原本是体现了秩序的，然而弄到最后，倒是见其无序了。

照相

每个人都有自己惧怕的事情，有的说得出口，有的说不出口。说不出口的就不说了，我很惧怕又还能坦然说出的，有一样，是照相。

我惧怕拍照并非与生俱来。据说三四岁以前是不怕的，不仅不怕，而且善于对着镜头傻笑，结果就有一张照片在照相馆橱窗里曝光。但是五岁以后，情形大变，忽然之间，视照相如仇寇了。要让我去照相馆，必得有好一番威逼利诱。后来我曾上纲上线地以为，这和自我意识的觉醒有关：两三岁小儿如同宠物，随便怎么摆弄，包括表情，再大点儿有自己的意志了，言语、表情就不再是物理性的反应，也就难于控制。

然而且不说对与错，这样的分析总太抽象，按照精神分析学的原理，产生心理障碍，应有具体的原因。从这角度说，恐怕照相师让我产生的恐惧，应负相当的责任。翻看旧照片，发现很长一段时间里，照片上我的表情大体可分两类，或是呆若木鸡，或是皮笑肉不笑。我怀疑这是当年照相师两种诱导方式产生的后果。

我的表情对应的两式，一为甜言蜜语式，一为当头棒喝式。过去照相都是在照相馆，我关于照相馆的最初记忆就不大妙。那时照相机都是大家伙，总要有两尺见方，后面还有一遮光的布罩，照相师照例钻进去鼓捣一阵，换底片、对焦距之类的，而后就现身，一手持快门线，开始导演你的表情，有时还会拿一玩具逗你：“小朋友，笑一笑——”先自己很夸张地笑了。我竭力要逼出一个笑来，可是做不到，而且很不幸，突然会分辨真笑假笑了，后来出了照相馆，我还一再对大人申说我的发现：“她是装的！”这使我的笑越发困难。那时的人真有耐心，照相师做足表情，还说笑话，最后好歹让我假笑了一回，那模样，我觉得比哭好不了多少。

不知为什么，拍的人与被拍的人都认为笑对于相片极其重要，不整出一个笑来，就不算成功，不独小儿，对大了的人也一样。上高中前去过一趟照相馆，照相师照例以笑相要求。只是不知是因为这么大的人，照相师认为没必要哄了，还是“文革”期间服务态度就那样，总之在我看来，态度极其恶劣。

此时我对照相馆的恐惧已到了未战先怯的地步，很多人挤在里面，一边排队一边旁观，还没轮到我，已经有些紧张，快到了就更紧张。终于坐上去了，照相师是个黑脸大汉，命道：“挺直了，不要哈腰！”而后“唰”的一声，几盏大灯打开，强光袭来，立时觉得暴露在光天化日之下，众目睽睽。温度陡升，再加紧张，额头就冒汗，前面的镜头变了炮筒，虎视眈眈，照相师钻进布罩里，似在策划一场于我不利的阴谋。

此时唯有一念，即是快快结束。然而照相师不肯罢休，板着脸道：“笑一个！”——近乎声色俱厉。“淫威”之下，挤出一个僵硬的笑，照相师显然不满意，又喝道：“自然一点儿！”

这要求太不近人情了，我不相信谁能自然得起来。

春节序曲

李焕之的《春节序曲》或者算得上演奏、播放最多的国产管弦乐曲之一，到了过年播放就不用说了，特别应景。土的，有超市里不绝于耳的“恭喜发大财”，洋的，当然就数这个。他这里的序曲不是序幕之序，大约还是指一种曲式，因里面分明已是高潮迭起了。我在此借用，取序曲一般的用法，前奏的意思。

音乐是务虚，左不过是渲染喜庆的气氛，我这里是务实，看看为筹备过年，我们在忙什么。

有个专门的说法，叫忙年，就是为了过年而忙活。春节是中国人最盛大的节日，岂能草草？忙购物，忙打扫，忙做新衣，忙年夜饭……看法定假日就知道了，没哪个节放那么长的假，一年到头，最难得的就是这一闲。但此闲非清闲之闲，须得热闹来装点，或者说，为了闲得更彻底，得先忙起来。好在忙年不比忙上班、忙下地，虽是忙，却忙得兴兴头头，以至于这一通忙，也成为节日气氛的一部分。

有定规的，从腊月二十三忙起，紧锣密鼓，到年三十达到高潮。要忙的事不少，重中之重，却是围绕着一张嘴展开，就是说，忙吃的。有各地的《忙年歌》为证。下面这个是北京的：“小孩，小孩，你别馋，过了腊八就是年。/ 腊八粥，过几天，滴滴拉拉二十三。/ 二十三，糖瓜粘，二十四，扫房子，/ 二十五，做豆腐，二十六，炖猪肉，/ 二十七，宰年鸡，二十八，把面发，/ 二十九，蒸馒头，三十晚上熬一宿，/ 大年初一扭一扭，除夕的饺子年年有。”——从二十三到除夕，都有安排，而大部分内容，都是奔着吃去的。置办年货，大体上也还是一个吃。

在城里，年货的概念已在消失，除了烟花爆竹、春联之类的饰物，各色吃食平日里都能见得着。小时候年货的存在却是格外鲜明的，一则四色糖、年糕之类，此时才有，二则大多是凭票供应。平日买不着的好烟、好酒，粮站里的赤豆、富强粉，菜场里的带鱼、黄花鱼，还有什么黄花菜、木耳、枣子、桂圆……都可凭票买到了，一时之间，你仿佛感受到物质生活的骤然丰富。

上中学时我已成为家中采买年货的主力，跑了菜场跑粮站，还要再跑副食品店。印象很深的是排队买鱼，黄花鱼、带鱼这些海鱼都是冰冻的，运到菜场的是一个个四四方方的大冰坨子，菜场的师傅手执大棒狠劲地夯散它，或是抱起来往地下掼。待到解体，买的人拣了硬撅撅的鱼又往地上磕，尽量磕去碎冰再拿去称。我也学样，弄一手的腥气倒在其次，关键是手冻得似乎要掉了。后来才知道此举的意义——是不让碎冰多占分量。

虽然早早已在忙年，前面几天却还是不紧不慢，到了年三十这一天，节奏骤然加快，家家户户拉开架势，是倒计时的节奏了。除夕那天并不放假，然而早已没了上班的氛围，拿了单位发的年货，也就走散。忙年主力军的归来才使得年夜饭之前的大干快上成为可能，倘家里没有老人帮忙的话。

到这时已经没小孩什么事了，尤其是男孩。我最愿听到的是一声呵斥："走！不要在家里碍手碍脚的，帮倒忙！"于是便可到外面找人玩，将拆散了的鞭炮放上几颗。除夕的下午，大街上已经有几分萧条，人们或已在家中，或行色匆匆往家里赶，只有我们这些小孩在外面闲荡，可以一直逍遥到年夜饭开吃，不幸的是有些玩伴被拘在家里打下手，玩耍的气氛不免有些清冷。

家里面自然仍忙得热火朝天。工作量大，一因年夜饭是最最丰盛的一顿，一因所忙还不止这一顿，得将以后好几天的饭都忙个八九不离十。好多地方都有一规矩：大年初一不动刀。初二之后固然可以动刀了，但许多人家仍习惯吃现成的，不想为吃再大动干戈。过节期间商店打烊，菜场、粮站都关门，没几家餐馆还营业——这就是歇的节奏啊。家中的日常生活也来一个变化、停顿，有时候，过年也意味着，那几天什么也不干，就是吃喝玩乐。

要储备下好多天吃的，还要比平时吃得好，彼时又都是自己做，焉得不忙？故我们也可以说，春节的序曲，一言以蔽之，就是忙吃。

电话

“楼上楼下，电灯电话”曾经是“大跃进”年代对理想社会一种生动直观的描述——对大多数人而言，共产主义毕竟太过抽象，远不如具体的愿景来得诱人。虽然听上去似乎化为过小日子的概念，但这至少比“土豆烧牛肉”来得高远。据说赫鲁晓夫曾在描述共产主义时追加了一句：“还要有一盘土豆烧牛肉的好菜。”此话后来被毛泽东在一首词里挖苦过，有句云，“还有吃的，土豆烧熟了，再加牛肉”，再后面就是“不须放屁！试看天地翻覆”了。

这首词曾经是我们的高中课文，虽然经常吃不到猪肉，我们在课堂上对“土豆烧牛肉”还是抱以最大的蔑视。其时“楼上楼下，电灯电话”已然不提了，假如还有此说，那么虽然比起“继续革命”这样的大题目来显得小儿科，至少它在想象中比那盘菜更令人遐想，因为隐然传递出现代的气息——尤其是其中的电话。

电话对我们可以成为现代的象征，只因它显得遥不可及。城市不比农村，在南京，即使是贫民窟，也都已用上了电灯。楼房要稀罕点，住楼房的同学要比住平房更令人羡慕，那意味着，你父母是在较大的国营单位。而私人电话，简直就像天方夜谭，家有电话，必是富贵人家，光有钱还不行，得有地位，因装电话是要政审的。上小学时有一同学，父亲是供电局的头儿，公家给装的电话，他是转学来的，来后不久此事便已众所周知。我是较早的知情者，他特别要好的一个同学语我：“知道吧？他家有电话！”神情极夸张，仿佛又与有荣焉。待相熟之后，好多人的一个共同心愿就是去他家玩，显然，电话构成最大的诱惑。

他的家教甚严，似不大允许他带同学回家。经不住我们三番五次地提起，有一日，他终于把我在内的两三人带回家中，当然，是家中无人的时候。我们在他父母房间的桌子上看见了电话机，盖着一块手帕。接下来是长时间的蘑菇：我们缠着他让试打一下，他以各种理由推托，最后实在被逼不过才算应下。

打给谁呢？谁家都没电话，谁都不知往哪打。无奈之下那同学打给了他爸爸，没话找话问了一句：“今天下班回不回来？”还没说完，就听电话里传来高声的训斥：“谁让你动公家的电话了？！”那同学嗫嚅着还没来得及解释，那边熊了两句就挂了。他立时像霜打了的茄子，眼里满是埋怨，我们都觉惹了祸，没情没绪挨延了片刻，便作鸟兽散。

到上初中时，电话仍然保持着它的神秘性。据我所知，同班同学家中有电话的，一个也无。不过，电话毕竟不是不可接近的了。偶或有急事，我们获准在传达室给父母的单位打电话，校团委办公室里也有部电话，学生干部可以一用。有次暑假几个人在学校值班，闲来无事，便以打电话为消遣。

依然没地方可打，拢共也不知道几个电话号码，但至少现在我们知道可以问时间、问天气啊——好像那也是个乐子。当然，不是有来有往的通话，打上几遍也就无聊。好在还可以打 114 查单位号码，随便找个单位，打过去瞎搭讪——谁谁在吗？请他接电话——没这个人？肯定有的呀等等。最让我们乐不可支的，是有次把电话打到了育红小学的传达室，我们当中有那个小学毕业的，知道彼时那边看门的是个生活作风上犯了事的人。电话打过去，声称：“我们是公安局的……”

现在我知道了，要定性的话，这应该是初级阶段的骚扰电话。

寄信

某日，女儿放学回来后兴奋地宣布:“今天我去邮局了！”我曼应了一声“是吗？”低头继续看书。“我寄信了！”她强调了一下，我漫不经心又应了一声。她对我的无动于衷似乎很有几分不满，我也感觉到了，便问她寄给谁。后来明白了:寄给谁不是关键，令她兴奋的是寄信这事本身。

见已受到重视，她开始兴头地向我描述寄信的全过程:并非其间有什么波折，发生了什么意外——没有，她跟我说的是如何买邮票，如何找到糨糊将信口封上，如何最后也没投到邮筒里，直接交给了邮局的人……总之寄信这事让她很新奇。她念高二，我觉得难以置信，这居然是她头一次寄信。

她对我说，原是要去找邮筒的，记得在路上看见过，这次寄信却没找见。这让我想起，邮筒仿佛已经从我们的视线里消失了，的确是有的，只是我们已然视而不见，因为写信寄信像是上辈子的事。

确切地说，现在应该叫邮箱，那种水泥砌就，刷上绿漆、立在地上敦敦实实半人多高的邮筒早就被取代了。小时往邮筒里塞信的确是件很神奇的事，因为据说放进去后千里之外的人就可以收到，听来简直就像变魔术。

够不着信筒上的入口，缠着大人抱起来完成一个投入的动作，是很多人幼时都有过的经验，有那一下子，仿佛也就成了魔术的参与者。虽然大体上过后即忘，端的“只问耕耘，不问收获”。但我的确记得有一次连着数日追问大人，我投出的那封信是不是真有人收到了，事实上根本不知对方是谁，也不关心。大人曼应一声“收到了”也便心满意足，如同终于得到答案。

但那当然不是我自己的第一次。若要追问，我也答不出来，因为当真自己写信寄出时，对这事已视为当然。习以为常，就再无新奇感。女儿因寄信而兴奋，实因写信寄信于她很稀罕，网上发邮件、QQ聊天在她倒是自然而然的。她还真没有过这样的经历，要通信尽有电子化的手段，上邮局最大的可能不是寄信，乃是寄贺卡，在她也用不着，与同学天天见面，都是面交，而且也早已时兴电子贺卡了。

为何这次选择了上邮局呢？说是想给小学同学一个“真”的贺卡，没想到寄的过程也让她觉得有意思。我怀疑与发邮件相比，寄信也给她几分DIY的感觉，手工的确是让人感到亲切的。其实发邮件都是亲力亲为，并非假手于人，但键盘、鼠标，似乎与拿着实物的手工信封，终隔着一层。

她问我，过去你们经常要寄信，每次都要跑邮局，很烦吧？我告诉她，那时人们家里都备有信封，也都会有邮票，事先买好的，四分的寄本地，八分的寄外地。寄信的事是经常发生的，所以我们的钱包或随身的本子里常能摸出邮票来，贴好了顺路投入邮筒就行。这样啊？——她再度感到新奇。也是——现在若有人手里存着邮票，十有八九是在集邮。

接下来轮到我问她了：现在寄一封信邮费是多少？话一出口同时就在追忆：由人代劳上门收、寄的快递件不算，上一次正儿八经的寄信是何时？——猴年马月了吧？

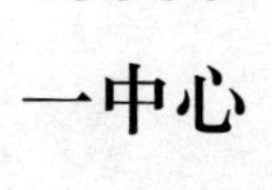
一中心

我读中小学，都在“文革”时期，没有择校一说，就读哪所学校，乃是按地区划分，就近入学是原则。但似乎也只是原则。我记得离家最近的是一所民办学校，叫工农兵小学，五台山体育场大门的一侧，就在我家斜对过儿，甚至已经去注册过了，不知为何，最后进了一中心。一中心是南京鼓楼区第一中心小学的简称，若是有其他的中心，很容易混淆的，但我们都那么叫，就像育红小学叫作育红，拉萨路小学叫作拉萨路一样。

报到的第一天我和本来有可能分到工农兵小学的同学都大感庆幸——不是因为它是民办，人太小，我们甚至不知民办二字是什么意思；也不是因为一中心是名校，“文革”已然抹平了名校与普通学校的界限，既然不讲究升学率，也没有排名一说，事实上直到后来，我也不知一中心“文革”前在南京的小学中处在一个什么样的位置——是因为与工农兵小学相比，一中心不仅像样得多，而且太漂亮了。

每天上学都要经过工农兵小学，走在马路上，隔着一大片菜地，就看见一排很简陋的平房，并无院墙，也不见其他最起码的设施，到雨天，就见有学生满脚泥泞地穿过菜地走过去。那时的教育是以艰苦为荣的，歌里唱的都是“到最艰苦的地方去”，但我们没法不因进了一中心而产生一种优越感，虽然进哪所学校与我们的资质没有半点关系。

以貌而论，整个南京恐怕也没有一所小学可与一中心相比。入校没几天，我们的优越感即被提升到无以复加的高度：

我们得知，电影《宝葫芦的秘密》就是在一中心拍的。我们没有校史的概念，学校建于一九三三年，原名五台山小学，南京老资格的小学之一……这些我们都不知道。即使知道，它们加在一起，也没有上过电影有说服力。《宝葫芦的秘密》是上世纪六十年代的一部国产儿童片，因当年可看的电影太少，这片子差不多举国皆知。有意思的是，我们因年纪太小，或者是没看过，或者看了也无印象，这时则想看也看不到，因为“文革”前的所有电影都有“封资修”的嫌疑，不让放了。以当时的形势，学校照理不会大肆宣扬，老师也不会挂在嘴上，但是不知怎么一来，在我们这些新生中，已是尽人皆知。我是从一邻居处听来的，当我把它当作一个秘密告诉同桌时，他很鄙夷地说：“这谁不知道？”

在我们心目中，上电影是再神奇不过的事情，怎么能想象你置身在一个电影的情境里？我不知道我们是否因此对我们的校园刮目相看，也许还是浑然不觉，只是供炫耀而已。多年以后，已是事过境迁了，那个院墙里的种种反倒变得清晰直接起来。

一中心的校门模样还是想不起，记得的是门前的空阔，一片石头铺就的开阔地，过去南京的巷子都是那样的石头路，唯这里是空场，缓坡似的墁上去，从校门里往外看，则是一片扇形的展开。紧挨校门口有一家小店，做仨瓜俩枣的生意，又有一家租小人书的书摊。放学后这两处都是极有吸引力的地方，一处可以或坐或蹲翻半天书，一处则可一分钱两分钱买点零嘴儿。但多数时候，可望而不可即，因放学后照例是排队回家，不容逗留，反倒是因事落了单，可在那里盘桓不去。我只是想不明白，小人书大都“破四旧”破掉，我在那书摊上都看过些什么？

一中心的精华当然是在大门里面。最让人印象深刻的肯定是它的绿化，满眼的绿意，倘当时有标准色一说，一中心无疑应该用绿色来标示。南京一向是全国绿化最好的城市之一，一中心则一向是南京的典型，至少这一点，“文革”中校领导也敢引以为自豪的。进了校门便是一条两行冬青夹道的路，这是正道，规定了你的路线，但学校并不是通常所见那种对称的布局，这路直走到尽头有一好看的亭子，到那里就折过去，仍有一截冬青路，到开阔处，就看见学校的主楼。那是一幢两层的青砖楼房，民国年间常见的式样，门、窗还有二楼的铁栏杆，都漆成绿色，青砖与绿色，后来不大见那样的搭配，回想起来，倒也有它的协调，不管怎样，让校园更添绿意是肯定的。

那楼上上下下有许多教室，称之为主楼，实因记忆中一楼有个礼堂，教师的办公室也多在这楼里。楼前的空地立着一溜儿水泥做的乒乓球桌，想是后来有的，再过去是条青砖墁的路，时见青苔。路的那一侧，由L形冬青路和这路围起的一大块区域，可以视为一处花圃，种着紫荆、月季、桃树，还有许多我叫不出名的花木。比较娇嫩点的花，就用一圈砖围起来，砖头斜插在地下，露出地面的是一个个三角，像一圈锯齿。

那时，总有一些花在开放。有段时间，电影院里放一部名为《鲜花盛开的村庄》的朝鲜片，班上有个女生显然套用了，将学校描述为鲜花盛开的校园，很有点抒情的意思。我们的作文通常与实际不相干的，因有那一片花木扶疏的存在，那一句倒不能算是虚语。但顽童年纪的我们不解风情，对花花草草并无欣赏之意。校园中自有乐地，却不是这片花园地带。这片园林式的区域可称一中心的前院，除了那几张乒乓球桌，我们的兴奋点端在后院。

正对着校门，冬青甬道转弯处的后面，大树掩映着几间平房，像是一个隔断，绕过平房，下一斜坡，就是我们的操场了。课后没有活动时，这里是可心撒开来疯跑疯玩的所在，那一道斜坡给我们的游戏添了变化，上上下下地跑、追，有时连滚带爬，仿佛更能疯得过瘾。斜坡上是长草的，不是绿草如茵的那种，看相不大好，却厚实，我们也会坐在上面聊天吹牛，不过更多情况下，那是一个摸爬滚打的所在。

操场边上的器械也是不可放过的，最热闹的是天梯，不断有人踊跃尝试着吊在上面一格一格地换着手从这头到那头，时或有人掉下来，摔个屁股蹾儿什么的，围观的人俱开心无比，好似看到最最滑稽的场景。只有一次，事情比较严重，是一女生掉下来，正跌在嘴那儿。她是宣传队的当家花旦，获得过区小红花的，一时全校哄传，说她下巴跌掉了。

一段时间后她再度在学校出现时，好多人都会盯着她看两眼，下巴当然还在，要看怎么接上去的，有无异样。好像也没有。

操场过去，还不是学校的尽头，那边还有一栋蛮讲究的小洋楼，是学校附属的幼儿园。天气好时常见着保育员领着一队胸口垂着一条手帕的小孩手牵手从里面走出来。幼儿园与我们这边并没有明显的阻隔，我们时有一探究竟的冲动，嬉闹时也偶或过于接近那小楼。这时无形的边界一下就显出来了：每当靠近到一定的程度，便会有幼儿园的人出来喝止驱赶，厉害的就声言要找我们的老师。所以我们的企图也没得逞过。直到上四年级，学校组织欢迎西哈努克亲王，凌晨四五点就要到达目的地，担心不能准时集合，便让家太远的参加者头天住到学校，这时就见出学校、幼儿园一家亲了——我们就睡在那小楼里。因为好多人扎堆儿，也因为对这小楼一直很好奇，我有点兴奋，老是爬起来到处看看。凭我的印象，那小楼更像是有钱人家的公馆，不大像是盖了做幼儿园的。当然，这是现在的猜测。

幼儿园小楼只是一时的好奇，且我们通常也近身不得，显然还是操场那样空阔的去处才更是我们的用武之地。其实主楼的东头还有一块空场，毗连着一溜儿平房，我们低年级时就在里面上课，课间的广播操则一起来到空场上。这地方无甚吸引力，除了没有斜坡之类可供折腾之外，还因为那里就在老师的眼皮底下，不说动辄得咎，总不能太放肆。刚进校时，只能在那儿玩耍，一则就近，二则冥冥中是划了地盘的，大操场那边似乎是高年级生的势力范围，以高年级生对低年级生与生俱来的有意无意的蛮横，到那边去会缺少一点安全感。待我们升入高年级，大操场自然就成了我们的天下。

其时大操场对我们的吸引力又添了一条：学校的防空洞大功告成了，两个主要的入口就在操场朝南的斜坡上。事实上那里是不让进的，但就在左近，探头探脑的，对我们也是一种诱惑。人太小，混沌未开，再加长在那样一种特异的“革命”氛围里，我们一点儿没意识到，挖防空洞之类，对这美丽的校园实在是一劫。幸而防空洞是在地底下，一条暴露在外的防空壕则在主楼的后面，校园大体上还能维持原先的格局。

挖防空洞时我尚在低年级，未曾躬逢其盛，与之相关的做战备砖则我们已是主力了。因要用泥做砖坯，当是时也，校园里到处是一摊一摊的黄泥，印象中，单是那条冬青夹持的水泥路上就有好几摊，有一摊整个直抵校门。你会觉得走进的不是校园，是一处建筑工地。话说回来，当年常用以描述革命干劲的热火朝天一词，与工地似的场景最是相合，大炼钢铁的年代，全国各地就是一大工地，与今日到处盖高楼的情形相比，其特别处不在于常是无用功，而在将所有人裹挟其中，大干快上本身就是讲政治，不能置身世外看戏，因此更其火红。

助成这火红的，自然少不了满目的横幅标语，我记忆中除了喷涂在墙上的语录、领袖像之外，从入学到毕业，那些与时俱进配合运动的标语、横幅变个不停，从没缺过。都是红色，张于柱上、壁间，与我说的校园的绿意极不搭，以数量计，触目皆是，多少掩去了校园的真容，如果还未令其面目全非的话。至于一度夹着主楼前那条青砖路竖起的大字报栏，还有遮住了二楼栏杆、画着醒目大叉叉的大横幅，就更不必说了。

我们固是浑然不觉，我想对现状不满的人还是有的。至少做战备砖的一摊摊烂泥就很让爱干净的女生不耐。不止一次见过她们皱着眉头趋而避之，水泥路上泥摊横亘道中，不得不小心翼翼踮着脚，或是脚不点地纵跳而过。卖力踩泥的男生有意无意踩一脚，泥水溅上身来，女生或忍气吞声或怒目相向，当即发作，肇事者不道歉也不恼，嬉皮笑脸来一句："你哪有劳动人民感情啊？"听上去文不对题，当时的语境里却谁都知道言外之意。这是逗事之后的戏弄，恶作剧的继续，并无质问之意，但没准儿到批评与自我批评的时候，就变成一本正经的指控。

对脏乱的抱怨是一时的，属就事论事的性质。但我想在一中心教书多年的老师，抚今追昔，必会为这校园变成这样感到惋惜。但公开流露今不如昔的情绪是危险的，据说有个老师在班上说过去校园如何如何，称若是现在这个样子，《宝葫芦的秘密》也别想拍了，并且还来了一声叹息，这事不知怎么被领导知道了，因此就受了批评。当然，我们再不会听到这种声音了。

只有一人，还敢整天把对现状的不满写在脸上，毫不掩饰——我说的是张老头。张老头是学校的校工，就住在一进学校大门右侧的小房子里，住一起的是两个老太，一个是老伴，一个据说是他姐姐或老伴的姐姐，都穿大襟子衣服，都有点佝偻，时常一起坐在门口择菜，到最后我也不知谁是谁。张老头应该也就是五十多岁不到六十岁的年纪，但那时人显老，长相、穿着都是，又明显比我们的老师长相老许多，固在我们眼里是十足的老头样子。老师们都喊他张师傅吧，我不记得当面有没有喊过他，反正同学之间，都叫他张老头。

张老头既是学校的门房（我们都称为看大门的），也是学校的园丁，刚入学时好像还是敲钟上课，他又兼敲钟。当他在学校里转悠时，这两重身份往往是重合的。像当时好多的院门一样，校门的两扇大门中，有一扇大门上开有小门，上课的时间大门关上，小门留着，上学、放学时方才大门洞开，而到教师下了班，大门便整个关闭，直到第二天早上。开门、关门，还有把门，当然是张老头的职守，但他在校园巡视的时候相当多，而这时他作为园丁，其存在比门房更见分明，因为总见他带着一把大剪刀，印象中则定格他的是在修剪冬青树。

张老头对现状的不满肯定不是政治性的，虽然有次因做战备砖的烂泥把冬青树搞得一塌糊涂，见他脸红脖子粗对校领导发火，说："现在成什么样子了？！"墙上撕了一半的标语、乱扯下的大字报之类，照说也属脏乱差的范畴，没大见他管过，他的不满好像限于他的花木屡遭破坏。校园里那么多的花木，应该除了张老头还另外有人侍弄，但似乎只见他一人在那里忙。

张老头沉默寡言，时常挂着脸，气哼哼的样子，不像他家里的老太，总有谦卑的笑。老挂脸是有理由的，因他总能发现他的花木世界被侵扰，花被摘了，树枝被折断，树被刻字，或者有多动症、破坏欲的男生把围着花树的砖头从地下撬起来等等。顽童阶段的我们，时时蠢动的多是破坏欲，轮到劳动的时节，也会分派给花木浇水什么的，但自发而施于花木的，肯定是以破坏为主。所以我们与张老头几乎是天然的对立面。我们因他没好气的那张脸对他怀恨在心，背地里咒他，跟在他身后做鬼脸，还有人往他房子上扔过石头。针对大人的恶作剧，他是主要的对象，我们本能地知道，犯到老师头上，后果会严重得多。既然他让我们反感，捉弄起他来就更来劲。有时候对花木搞破坏竟是有意的，比如他前脚刚把砖头埋好，尚未走远，就有人去撬起，逞能地作势向同伙炫耀。

因为抓不着现行，他没处发泄，通常只是虎着脸，一声不吭。有次我和一同学在比着抠树上的树皮，正巧让他看见了，也只是过来说了一声："你们手痒啊？！"就扭头走了，再无别话。但他显然气得厉害，恶狠狠一把撕下了树身上的标语。得补一句：校园里点缀着很多大树，似以法国梧桐为多，印象里除了操场，到处浓阴匝地。和别处一样，树也成了政治宣传的载体，只是张老头平时是不管这些的。

张老头敢撕标语、敢说些不满的话，固然是因心疼他的花木，气极了；另一面，恐怕也是因为他无可置疑的劳动人民身份，不会有人拿他怎么样。有段时间，到处在搞忆苦思甜，传说张老头要在全校大会上讲他旧社会的经历，结果校内的、校外的，好多人讲过了，就是没见到他。据说学校头头花了好大劲动员才应下的，后来却又变卦，说不会说话，对着那么些人，说不出话来。

终于见到张老头站在全校大会的主席台上，已经是我们快毕业的时候了。记不起开会是什么内容，应该是差不多进行完了，要散会了，主持会议的人忽然想起什么似的让大家等等，而后宣布张老头要退休了，说了一些感谢表扬的话，就让我们鼓掌，请他讲几句话。张老头手足无措地走上来，也不往麦克风跟前站，主持人过去引他，不知又碰到什么，扩音器发出尖锐的啸鸣声。

待一阵摆弄安静下来，张老头僵立在那里，好半天不说话。我们早就等着散场，有点不耐烦，这时变为看他笑话的心态，待主持人救场似的说“让我们再次以热烈的掌声……”，便立时卖力地大拍其手，几近起哄。掌声过后，张老头很激动准备说话的样子，却仍是不说，而后忽然地，就见他双手捂住脸哭起来，不是无声的流泪，是不可收拾的号啕大哭。原本有点嘈杂的会场一下安静下来，只剩喇叭里传出的哭声。隔壁班上的一个女老师掏出手绢来擦眼角，有些女生也跟着哭起来。也不知怎么的，我站在那里，隐隐地有一种愧疚感油然而生，仿佛张老头的哭泣与我们的恶作剧、我们给他受的那些气有着某种联系，虽然刚刚宣布过他是退休，但是那一刻，我觉得是我们把他气走了。

那一幕最后如何结束我已记不清了，或者是主持人将他扶下台，或者是以其他的方式收场。我只记得张老头从头到尾一句话也没说。过一阵就听说，张老头又不走了，继续在学校里干。果然，他和那两个老太仍住在校门边上的小房子里，仍然是他开大门、关大门，拿着大剪刀在校园里转，最常见到的，仍是他在修剪冬青树。只是在我眼里，他好像不再那么凶，而且人好像又老了许多。我们毕业时他当然还在，我们进校之前好多年，他就已经在那里了。

小学毕业后的头一两年，我好像为什么事回过一次一中心，校园还是原来的样子，只是"文革"高潮的折腾劲儿过去，也许更接近它的本来面目了，此外有此时上的那所中学的校园衬着，我也有点意识到它近乎花园的漂亮，但也说不上什么眷恋。我不算喜欢怀旧的人，其后几十年，从未动过回去看看的念头，当然，也还没到怀旧的年纪。高三时，我小学的第一位班主任，上三年级时去湖北支援内地建设的龚老师回南京探亲，我联络了几个昔日同学去探望，有人提议去一中心转转，我就没回应。后来我读书、工作的南京大学与一中心仅一箭之地，那一带也是我经常路过的，眼看着那一带日新月异在变，我愣是一次没留意过一中心变成了什么样，以致常从门前过，印象一点没有，视而不见当中，它好像已经消失了，消失得无踪无影。直到几年前，我才意外地发现了它。

的确是意外。有一天下午，我去省中医院看病，回来时经过，骑车快到那里时手机响起来，道上又站着许多人，便下车推行。一望便知，那些人是等着放学接小孩的家长。我边打电话边下意识地抬头望了望，不期然看到了“鼓楼区第一中心小学”的字样，这才意识到正站在了母校的门前。但是，这就是现在的一中心？我简直对它所在的位置也有点恍惚了。过去总觉从上海路口到这里还颇有点距离，零落的小院之外，还有一家小小的工厂，现在沿街都起了楼，楼房连着楼房，从路口到这里走几步就到，仿佛看都看得到。上海路大坡早就削成了缓坡，马路拓宽许多，直逼到校门跟前，原先校门前的开阔地没影了，出得校门就是马路。我说校门也有点犹豫，因为与原先的校门根本不是一个概念，那是街边的一栋高楼一、二层有一部分空着，形成一个门洞，得穿过门洞进入学校。“鼓楼区第一中心小学”的字样在校门的上方，再往上还有好多层，又有什么医药公司，还有其他机构的标志、招牌，想是学校出地皮、什么企业出资合建的，占着这楼是有好些其他单位。

我忽然心血来潮，想进去看看。放学的孩子在往外走，在与迎接的家长会合，我穿过纷乱的人群往里走，到里面更傻眼了：学校的主体是一高楼，体量很大，把大部分校园占去了，楼前的空地显得那么狭小逼仄，高楼压迫之下，只觉堵得慌。转了一圈，其实也没什么可转的，只是诧异校园原来这么小，昔日那栋二层的主楼，还有操场、冬青夹持的甬道，还有幼儿园的小洋楼，统统没了，过去我们从大门走到后门，移步换景的，似乎颇有些内容，现在没走几步就到头了——什么前院、后院的，哪儿啊？！张老头苦心经营的那片花木之地更不用提。大楼前的空地是水泥铺就的，整个学校见不到什么绿色，几乎寸草不生，竟像一大水泥壳子。我记忆中的那个校园完全消失了，真的，消失得不留一点儿痕迹。

走出来骑车回家，一路上都觉有点恍惚，一面是很真切地想起在一中心的种种，校园的每个角落仿佛都逼真地显现，另一面同时在怀疑记忆的真实性，那个校园的彻底消失令记忆如飘荡的游魂，没了依托，就像一段缺少真凭实据的叙述。回到家我开始翻照片，希望照片能够佐证记忆的真实无虚。但那是个照相极稀罕的年代，我竟找不到一张有“一中心”的照片。后来忽想到《宝葫芦的秘密》，它应该可以告诉和佐证那个一中心曾经的模样吧？

网络真是好，没费什么事我就在网上把片子找到了。黑白片，六十年代电影套路，看了一点儿就受不了，我只是有几分不耐烦地等着镜头里出现我熟悉的场景，也不知看到哪里，竟睡着了。

故人

词语真奇妙，字典义是一回事，你的语感又是一回事：它会附着一些个人化的说不清道不明的感受。比如故人，不用查字典你也明白的，是指过去认识的人，但是，你显然不是遇到所有过去的人都能如对故人。对我而言，故人须得能唤起一种亲切感，这亲切感又是既往某种好感的重拾。我的最严格的定义是：熟悉的人出现在熟悉的背景上。

然而现代生活的节奏太快，环境在变，人也在变，仿佛倏忽之间，已然面目全非，所以我总模模糊糊地觉得故人是一个前现代的概念。我不知道，在槟城认识的几位生意人可不可称为故人，可以肯定的是，这里的故人之故，与槟城还保持着前现代生活的面相有关。

第一次去槟城是十五年前，十五年的时间，在中国的城市，足可天翻地覆了，槟城则当真是依然故我。原来的树、原来的街道、原来的房屋、原来的商店、原来的餐馆、原来的小吃摊、原来的人……还在原来的地方。比如我去授课的韩江学院，当然有人事变动，许多老面孔却还在。照面最多的人之一是食堂的一位胖胖的大嫂，晚上课间茶歇由她张罗，几茬学生过去，我倒成了她此时最熟的人，见面必问："南京现在怎么样？"

我认路的本事极差，大体是不辨方向，不记路名，只知跟着感觉走，槟城我隔几年才去一回，每次也不过待十天半月，这次是隔了四年再到，居然仍能凭记忆摸到我想去的地方——无他，一路上都还是熟悉的场景。我知道到光大

（KOMTAR）的某一侧可以找到那间做叻沙出名的店，知道看见一家本地有名的香饼店招牌之后往右一转，就可在一小小巷口找到那家卖煎蕊的小摊子，如果不见了，那也只是时间太晚，卖完收摊了。总之，那些被我充作地标的地方都还在，十几年后，我还可以追随着它们的指向走街串巷。

光大是槟城的著名地标，几十层的高楼，如同几十年前南京的金陵饭店，金陵饭店在新街口商圈中早已泯然众人，光大则依然鹤立鸡群——虽然内里已衰败下来，其购物中心的地位，被新起的一些进驻更多国际品牌的新型广场取代了。那一带我每次必到，因每到槟城必逛乔治市，光大就在乔治市内。作为殖民时代形成的老街区，乔治市前几年入选世界文化遗产名录，其原汁原味的建筑与街巷吸引了不少观光客，特别是拍电影、电视的人，几年前路过，《色·戒》剧组就在那里拍街景。升格为遗产并未给这里带来过度开发，乔治市仍维持着斑驳的旧貌：一家挨着一家的小店铺，大都是不大的门面，里面挤挤挨挨堆满货物，各做各的小生意，极少见到连锁店。

起初我到那一带，有一个目的是购物，因有特色的工艺品，如锡器、巴迪布等，似乎在那里才能看到。一回生，二回熟，来槟城次数多了，买东西成为次要，但有几家店铺，只要经过，我还是会进去看看，因为店里的人已经熟了。也未必是次数多。比如光大里面的一家友谊巴迪屋，此前我就只光顾过一回。槟城的生意人，但凡年岁在五十以上的，就还是老派的风格，喜欢跟人聊，如数家珍似的介绍各类货色，帮你出主意之外，还说些别的，包括问你的来历、情况，也说自家的事，买卖伴着家常，往往闲话家常之间就把生意做了。

那回我逛到友谊巴迪屋时，时间已经很晚，好多店铺已打烊，这家的老板却还是好整以暇，一件一件地给我往外拿货品，指点门径，手绘得如何，图案模子蜡染得又如何。得知我从中国南京来，又问了我到此有何公干之类。到临了我也并未买很多东西，店主包扎好之后，又问起怎么回去，知道我要打车，便告大概价钱，提醒当心挨宰，后忽然道，顺路，我们载你回去吧。就跟老板娘用闽南话说了几句，收拾东西拉下店门，拎着要带回家的大包小包往回走。我随他们到停车的所在，他们不紧不慢打开后备厢放东西，放不下就放到后座上，及至请我上车，则又抱歉让我与一大堆手帕为伴。我在一边等着时，觉得这次购物经历太不典型了，倒有几分家常的风味。

过几年又到光大，发现这里萧条了许多，大半的店铺没开张，卷帘的铁门拉下来，一家连一家，看去像准备迁址的大市场。我是不经意间走到那间巴迪屋的，还是原来的位置、原来的格局，它们帮助我认出了店主，店主没听我讲两句便也想起前情，遂欢然道故，他甚至回忆起当年我买下的是哪种图案的巴迪布，又买了这个那个的，我倒真是想不起了。

事实上我去的更多的是槟榔路上的两家以卖锡器为主的工艺品店，与光大毗连的一座人行天桥下去就是。几天前学生领我到那一带的一家店吃煎蕊，车在四岔路口那儿绕了一圈，天黑灯暗，只见到路口的几幢房子在翻修，也没留心那两间店是否还在。问学生，则说乔治市申世遗成功之后，房租涨了好多，有些店搬走了，但多数还在，因守着店的多半是老人，房子是自己的，也不想挣大钱，就开着店，也算有事可做。我只是随便一问，并不想知道究竟，因并没打算买什么。和巴迪屋老板聊天时，却忽地动了念，想去访访那两家，看看到底还在不在，倒真像是要证明什么似的，虽然在与不在，与我没什么关系。

槟榔路因为有几处店铺在翻修，看上去有点异样。一些店铺还没开门。就像不记路名一样，我也不记店名，都是凭着大致的方位摸过去，尚未开门的店铺看着大同小异，不过我还是认出了较大的那间工艺品店，因它家门面明显地较相邻的店铺要大。不比大商场，槟城密密麻麻的小店铺何时开门是没准儿的，经常也不标明营业时间。正犹豫要不要去张弼士故居那一带溜达一圈再来，却听里面一阵响动，卷帘门启开了，开门的是个老者，不认识，我打个招呼便往里走，边走边对欲加阻拦的老者说，我来过好多次的——倒好像这可以是闯人家店铺的理由。

我像是有几分急切地要找到那张熟悉的脸，不知道姓名，甚至模样也有点模糊了，但我相信见面就能认出来。果然，认出来了，其实除了那老者和一中年妇女，就他一人。到现在我也不知道他是老板还是店员——像个精明的伙计，又像个精明的掌柜。槟城的店家，往往是亦老板亦店员，我觉得老式的掌柜、伙计这样的叫法搬到这里很对味儿，老舍《茶馆》里的王掌柜，你说像掌柜还是像伙计？我疑惑他是店员，许是从年纪上下的判断，十五年前来此，他还是年轻人的模样，现在是中年人，却也不见老，穿一件带纽扣的无领T恤，似乎多年前就是那样。

他一下就把我给认出来了。他喜欢直直地看着人，说话也相当专业——我不是说他不寒暄，不，他跟我提起记得我来过多次，并跟我核对一件造型有点特别的雪兰莪的茶叶罐我是不是买过——我是说他会很快地切入主题，即他新进的货品。我关于锡器知道的一点皮毛大半是从他这儿来的。比如雪兰莪，那是大马皇家锡器，或许是世界上叫得最响的锡器品牌，言不二价，在机场、在专卖店、在它的总部，都一样。当然啦，他这里可以有折扣，照他的话说，别处你拿不到的。他会一款一款地向我介绍，问啤酒杯、茶叶罐，他会把几乎所有的款式都拿出来，细陈利弊，特别点的还会说出是哪里的设计师设计。

还有雪兰莪与其他品牌的比较，说到前者，他神情不由地就有几分矜持。但你不会有压力，那里面没有对你购买力的怀疑，只是经营这品牌的一点儿傲娇而已。他的热情也绝不过分，我偶或逛店，对营业员欺上身来的推销热情最是畏惧，来他这里我则从无心理障碍。我跟他说，这次没打算买什么，锡器现在太贵了，熟人熟地方，进来看看而已。他便从柜台里出来领我在店里转了一圈。其实比一间便利店也大不了多少，我发现格局一点儿没变，甚至货品摆放的位置也一如既往。

从那里出来，往前走不几步，我熟悉的一家更小的店，也还在。槟城乔治市华人盖的房子大多是两层楼，密密匝匝挨挤着，门面很窄，越显出很深的进深。这一家一边是柜台，一边贴墙摆着几只玻璃的陈列柜，夹出中间一条道，令店堂更像走廊了。也是刚开门，一个老太太在这里那里地拾掇。我应该也见过的，但打交道的都是一位曾姓的老伯，因他解释“曾”是“曾国藩的曾”，又问过我“文革”时曾国藩是不是被当成坏人，所以还记得。

我说明来意，问曾老板在不在，老太太便拿张凳子让我坐到柜台前，回说在的，正冲凉呢，听到从店堂尽头一扇用夹板做成的极简陋的门里传出“哗哗”的水声。用闽南话朝里喊了一句，得了回音之后，她便不管我了。过一会儿曾老板赤着膊出来。认出这位故人一点儿不费力，头次来时他好像是六十多岁，现在该有七十好几，却真是一点儿没变，头发乌黑，缺的牙是早已掉了的。他很快也认出我来，连说现在锡器价格暴涨，我过去在他这儿买得太划算了。边寒暄边往身上套一件汗衫。我于是生动地想起此前在这里买东西的情形。与前面那家以雪兰莪而高端的店铺不同，他这里都是当地品牌，“……便宜啊！”他说。

过程都是一样的：挑好了要买的物件之后，他会给我看一个小本子，上面细细记着账，指点我看某件某件，是什么价卖出，又让看标价，而后拿过计算器一阵算，想一想，就递到我面前，说：“给你这个价，别家你买不到这么便宜的……老朋友了，优惠你的啦。”我闹不清他究竟便宜了我多少，也许他的话是有水分的，老朋友云云，当然也是热络话，但与过去在上海街头不相干的人喊你朋友套近乎是两种感觉。我和他仍是生意人和顾客的关系，不过做生意的殷勤热络之外，仿佛另有一份亲切随意，有那么点儿邻里街坊的意思。

我以为这房子就是他自己的，其实不是，是租的，从开始到现在，租了好几十年了。起先是他父亲开店，卖香烟。自制的，用一种叶子一根一根卷，小店同时兼着作坊。我以为是雪茄，不是，就是卷烟，那些蹬三轮或干其他体力活儿的人，买不起烟厂出的整包的烟，买他的，一分钱一支，一角钱可买十一支。那是日本人败了之后不久的事，后来转而卖鞋子，主要经营白色的球鞋，那是中小学生校服的一部分。皮鞋之类是不卖的，因进货要更多的钱。在他哥哥手上，开始卖锡器礼品之类了，后来他接手，一直到现在。这条街上，有好多小店铺都是这样，卖的货可能有变化，店主还是原来的店主，店面也未见扩大。

算起来槟城的一家寻常小店，要比南京绝大多数商店都要有年头。听上去点不可思议：中国城市变化之大，让人不可思议；这里的几十年如一日，同样让人觉得不可思议。并不是一成不变的，曾老板这间店，不也从卖烟卷到卖鞋再进而为卖锡器礼品了吗？但与中国三十年来天翻地覆的变化相比，几乎可以忽略不计。我问，这几年租金要大涨了吧？他说老租户嘛，只涨一点点，新租户开价就高了去了。隔壁正在翻修，那是大幅提高租金的前奏，哪一天这里也装修，也许他就租不起了。

我原是没打算买东西的，忽想起回国在即，还有些马币留着作甚，遂买了几样小东西。曾老板如过去一样对着进货单算了一番，把计算器递到我面前。而后进到那扇小门里去，窸窸窣窣一阵响，抱出些大小不一的盒子来，显然已是很久的存货了，盒子对不上号，有些盒子留着受潮的洇痕，他戴上老花镜对了半天，该垫的垫，该扎的扎，很仔细地包扎好，交到我手中。告辞时他问，下一次什么时候来槟城？我说，也许四年后吧。

出了小店，拐上左近的天桥，路灯忽地亮了，看看熟悉的街景，那几间正在翻修的房子露出房梁，有点触目。忽然想到该向他要他家里的电话，几年前他给过我名片，早已不知去向，四年过后，没准儿小店就不在了。到时候没准儿真会想再和他闲聊，未必有什么特定的内容，但闲聊几句，总让我对这地方有更多不隔的感觉——只是一念之动，虽说并未走远，几步之遥，我并未当真返回去。

不在是很可能的，既然乔治市已是世界文化遗产，这里又是乔治市的中心地带。据说市政当局已经有改造旧城的规划了。不过也难说，申遗成功是二〇〇八年的事，到现在九年过去了，似乎也没什么动静。旧城房屋都是私产，房主要是按兵不动，当局也没着。大约这就是槟城的节奏吧？我们已经感到陌生的另外一种节奏、另外一种生活方式。

所以，四年过后，也许真的，那家小店还在那里。